www.ingramcontent.com/pod-product-compliance
Lightning Source LLC
LaVergne TN
LVHW051457170726
843492LV00002B/705

النسر الأسود

النسر الأسود	:	كتاب
مصطفى يحيى	:	اسم المؤلف
رواية تمهُّن	:	نوع العمل
92 صفحة	:	عدد الصفحات
هبة إبراهيم	:	غلاف
مصطفى يحيى	:	تدقيق
مريم محمد سيد	:	إخراج فني
2024/13849	:	رقم إيداع
9784763378668	:	ترقيم دولي I.S.B.N

نبض القمة للترجمة

جمهورية مصر العربية ـ القاهرة

مدير الدار: أ/ وليد عاطف حسني

موبايل: 01116058384

الميل: nabdalqima@gmail.com

النسر الأسود

مصطفى يحيى

نُبذة عن الرِواية

صـــدرت الرواية في عام 2022، تدور أحداث الرواية حول تجارِب الكاتب نفسـه ـ مصـطفى يحيى محمد الملقب بـــ(النسر الأسـود) ـ عقب تخرُّجه مباشـــرةً في الجـامعـة، ذي الأربعـة وعشرين عامًا، يسرد أحداثًا وشخصياتٍ واقعية حول رحلتين قام بهمـا، رحلتـه الأولى التي تُعتَبر رحلـة الهروب من الواقع إثر جائحة كورونا مُتجِهًا شـــمالًا إلى صـــحراء السـودان، ثم العودة والعزم على رحلة الإنجاز المصحوبة بمشاعِر الحزن إلى مصر، فسرعان ما تفاجأ بموت والده فطفِقَ راجعًا إلى الوطن السودان.

نبذة عن المؤلف

هو مصطفى يحيى محمد، لقبه «النسر الأسود» و«المصري»، كاتب وروائي وفيلسوف، ومهندس إلكترونيات ومدرب كمال الأجسام، سوداني الجنسية، ولد بولاية شمال دارفور بمدينة الفاشر في الأول من يناير 1998، يعيش حياته على امتلاك أشياءٍ حالِكة السواد، متفاديًا جميع الألوان، يعشق القطط كثيرًا.

درس الثانوية في أم درمان بمحلية أمبدَّة (ثانوية الرباط الخاصة) ثم التحق بجامعة السودان للعلوم والتكنولوجيا في العالم 2016.

اكتشف موهبته الكتابية والتأليف منذ مرحلة الأساس؛ حيث بدأ بالشعر والفلسفة السوداء، لكنه لم يواصل كثيرًا حين التحق بالثانوية، فعاد مجددًا إلى مجال الكتابة بعد وفاة والده في العام 2022، بدءًا برسالة «أجد ذاتك الكونية»، والعمل ككاتب في عدَّة منصات، فاسترجع موهبته وصقلها ليصير متمكِّنًا من تأليف كتب؛ بدءًا برواية «النسر الأسود» كرحلتين مؤثِّرتين على بعضهما.

فالكتابة هي الموهبة التي لا تتخلَّى عن صاحبها حتى وإنْ تخلَّى هو عنها؛ إذ تظل الكلمات تتراكم وتتراكم كقطراتِ المطر على صخرٍ متين صلب حتى تكسره يومًا، تظل هي على تلك الحال حتى يبوح صاحبها بكلماتٍ تتصارع فتدوَّن. ومن أجلك «اقرأ!» فنحن أمة اقرأ.

افتتاح

مرحبًا أيُّها القارئ، صديقِ الكُتب، لقد تأخرت اليوم بعض الشـــيء، تفضَّــل يا عزيزي.. ولكن أنا لا أعرفك فلماذا أدعوك بعزيزي! وهل أنت قارئٌ أساسًا أم أنَّك تتصنَّع لِتسمع ما يُقال عنك من معسُولِ الكلام: (إنَّه مُثقَّف)!

أووه لقد نسيت أنَّنا في عالمٍ يُسمَّى عالم الكُتب (السرُّ الذي صنع العظماء)، إذًا فأنت حقيقي وتستحق ذلك، فواظب وتفضَّل ولا تستحِ◌ فأنت لستَ بغريب بعد، فالملعب ملعبك.

مُنذ لَحَظة استَيقاظِك في الصباح الباكر حتى ذهابِك إلى الفِراش لَيلًا، تَتَحكمُ عاداتُكَ وأفعَالك فيكَ تحكُّمًا كبيرًا جدًا، ليس بالضرورة أن تكون كبيرة، الأهم أن تكونَ مُستمِرَّة وإن صغُرَت؛ فإنِّها تتَراكم لتُصبحَ كبيرةَ الحجم، كقَطرات ماءٍ تتساقط على صخرةٍ باستمرار حتى تكسِرها. لذلك خذ هذه قاعدتك الأولى، لن يتغيَّر فيك شيءٌ حتى تُغيِّر داخلك وتَسْلَم، ولن تنال ما تريد حتى تُمارس شيئًا يوميًا.

حينما يُســـافر عقلُكَ على صَــلَادِ الكُتبِ فإنَّ الروحَ تتقلَّبُ في النعيمِ، من الجيد أن تَدرِك بأنَّك بحاجة إلى مُراقبةِ شـــريطِ حياتِكَ والبحثِ عن أكبرِ نقطةِ ضعفٍ لك للبدءِ في تغييرها، هذا يعني أنَّك أدركتَ أيضًا الجَهل الذي كان بينك وبين ما تَودُّ مَعرفته، وهنا تبدأ رِحلتُكَ باحِثًا عن التغيير الذي أدركت الخطوات إليه، بدءًا بالكتاب الذي بين يديك، ثم الانضِباط الذي يجعلك تلتزم باستمرارك في الأحداث والمواقِف التي تُعيقك في رحلتك.

بعدها اسأل ذاتك هذه الأسئلة ذات الأجوبة المرئية:

هل أنا قارئٌ جيد؟

ولماذا أقرأ؟

وما الذي أرغب في قراءته؟

ما نوع الرؤية التي رأيتُها؟

ما الذي أريد تغيره؟

لماذا أريد أن أتغيَّر؟

أين أرى نفسي بعد التغيير؟

إن أدركت ذلك وواظبت عليه فهي خطوتك الأولى للتغيير نحو الإيجابية وعالم الثقة بالنفس.

الإهداء

لكل من يعشق اغتِناء الكتب الورقية، ويُفضِّلونَ صُحبتهم رغم ضجيج الحياة وصُرُوفِها، دعوني الآن أحظى بِشرفِ اصطحابكم إلى عالمي الخاص، ولكن قبل أن نخطو عليك أن تُعاهِدني بأن تكون صـادقًا مع أسطُري وألَّا تقفز سـريعًا بينهم، لعلَّك بصـدقِكَ تَرْوِيكَ كلماتي نورًا ونبراسًا، ولعلك تجد الخَلاصَ لروحك.

شكر وتقدير

الشكر والحمد لله سبحانه وتعالى أولًا بعد أن أوزعني بعودتي لخطَّ حروفي؛ علَّهم ينفُذون نورًا في دواخلكم.

أنزِّهُك ربِّي التنزيه اللائق بجلالك وعظمتك، ما أنا إلَّا عبدٌ فقيرٌ ألتجئ إليك وأعتصـــم بك. قُل بفضــلِ الله ورحمته فبذلك فليفرحوا، إذ يضـعُكَ الله بين أشخاصٍ يستحقُّون الحبَّ والوفاء على كلِّ ما فعلوه من أجلك مِن حُبٍّ ودعمٍ وصـــناعة رجلٍ لا يخشى سِوى الله، وأخص بالذكر:

المعلـم الأكبـر أبي «يحيى محمـد آدم» -رحمـه الله- والأنثيين اللتين علَّمتاني الحب واحترام الأنثى، أمي «ليلى أحمد» وجدّتي حبوبة «كِنَّة»، والأخوال، المدير «نور الدين أحمد آدم»، والشيخ «محمد أحمد آدم» (مطر)، والمغتربين الأسـتاذ «سـيف الدين أحمد آدم» والأستاذ «آدم أحمد آدم».

وتحيةٌ خاصة وشكر لمنصة «شغف – Passion».

والمدربة العظيمة «وشــاح محمد عبد الرحيم»، التي تلقيت منها الكثير.

الفصل الأول| إيمان المرء

للَّذين يجْعلون الدُّعاء خطوتَهم الأولى في كُل شـيءٍ يخطُر ببالِهم فعلُه، والَّذين يذكرون الله قيامًا وقُعودًا، مُفعَمينَ بالسـكينة وعلـى ثِقةً بربهم فتُثمِر خُشـوعًا وتجلب الطمأنينة وتلبسهم ثوْبَ الوقار في المواقف التي تنشــجّ وتجزَع فيها القلوب ويهوس فيها الوعي.

الثقةُ المُفَعَمَة ذات الرضـا التام بقضاء الله هي الأسـاس المتِين لصـــناعة رجلٍ زَكيٍّ ذكيٍّ، تتجلى فيه صـفـات المؤمن الحق: كـالتفكير العميق، والكيـاسـة، والجذبُ، والصـمـت، والجِدَّية، والرشـاقة، والشـهامة، والقناعة، ويكون ذا خُلُقٍ بما أضاءه الله بنورٍ من الإيمان في قلبه.

القناعة:

دائمًا ما أعيشُ على مراقبة شريط حياتي؛ لأتعرَّف على النقاط التي تُضعِفُني؛ لكي أُباشر بتقويتها، إلى أن وهبني الله عِشق اللون الأسـود، فصـرت أعيش على امتلاك أشياء سوداء، حتى الكِسوة، فأرتدي الأسـود دائمًا، على قوة وأناقة؛ طِوال رحلة حياتي الكونية بأكملها إلى حين إشـعـارٍ نعيٍّ بألمٍ عظيم، (الجِداد) دون لونٍ آخر. رغم آراء من هم حولي، بين مُؤيِّدٍ ومُعارِض، سـواءً كان قريبًا أو بعيدًا، أو حتَّى الذين ألتقيهِم في كثيرٍ من الأحيـان، أتعجَّبُ حقًّا لماذا يسـتّنكرونه وينتقدونني بشـدّة على مؤاخذة! كمن كان على معصية أو كالذي جاء بمُنكرٍ أو بِدعٍ أو زُورٍ..

الأراء:

-   يا مصطفى لماذا علِقْتَ وجعلت اتجاهك واحدًا؟

-   لماذا لا تُغَيِّر ولو بالأبيض القليل؟

- هل تظل وتُتَابع هكذا حتى حينما يُواجهك الشيب إن أمدَّك الله بالعمر؟

- ما هي قصَّتك هل تدَّعِي مشاعر الحزنِ على فراق شخصٍ عزيزٍ عليك؟

- أم أنَّه عِشقُك لإحداهنَّ تُشاركك حُبَّ اللون نفسه؟

- نعزِم أنَّك لست نصيحًا بعض الشيء!

هكذا يثرثرون، لكن لديَّ قناعةٌ أخرى بأنَّ البشــر منذ الأزل إلى يومِنا هذا يتكلمون ولديهم منظورٌ جانبي في كلِّ شــيء حتى ربَّهُم الذي خلقهم وأنبيائِهِم، قيل عن المصــطفى صلــى الله عليه وسلَّم أنَّه ساحرٌ ومجنون، وقيل عن المسيح أنَّه ابن الله، وقيل أنَّ لله ولدٌ، فمن أنا كي أسلَمْ؟

وعلى لسان الحال صدق سيدنا عمر بن الخطاب حين قال:

قَد قيلَ إنَّ الإِلَهَ ذو وَلَدٍ*   وَقيلَ إن الرَسولَ قَد كَهنا

ما نَجا اللهُ والرَسولُ مَعًا*   مِن لِسانِ الوَرى فَكَيفَ أنا

ولكن دعوني أعترف بكلمتين، إنَّ الســواد يعني لي الثقــة والأنـاقة؛ ولو كـان لي حقُّ الملكية لكنتُ امتلكته وحدي؛ أليس المُحِبُّ على من يُحبُّ غيُور؟

لا أعتَقد أنَّ هنالك مَن هو أعلى منِّي في حُبه وعِشــقه، خليلي الحالِك السَّــواد، تسطُع به قواي الداخلية، وتقوَى به قدراتي وطـاقاتي، أغبَط بمجرد النظر إليه وأفعَم به ثقةً وحِكمةً وأفكارًا وعَيشَ حياةٍ هنيئة، أحبُّه بشُمُوخه وأصونه.

أليسَ المُحِب لمن يُحِبُّ مُطيعٌ!؟

أليسَ مَن أحبَّك فتحت له أبوابَ قلبك وخبَّأته في ثَناياهُ؟!

الحُب أسودٌ والأسوَدُ حُبٌّ، ولكانت الألوان على تطابُقٍ لولاه!

تسكنُ الألوانُ في عَينيهِ، فلولَا عيناهُ لا لونٌ يُطاقُ!

كُلَّ النُّوتَات المُوسِيقيةِ عَلى لحنِهِ، فلولاهُ لا لحنٌ يُعزَفُ!

مُنذُ أن أحببته أحببته!

غَرَّدَتِ الطُّيُورُ باسـمِهِ: أسـودٌ أسـودٌ! والجَماداتِ نطقن مَعَهُ وأبْهَرُ!

مُنذُ أنْ أحببته..

أصبَحَت زُهُورُ البساتين ووُرُودُه على شَكلِه تَرتَسِم وتتلَوَّن!

كالشَّمسِ ضِياءً وكالقَمرِ نُورًا وكالأُمّ حَنانًا، وكالصُّبحِ واللَيلِ والنهارِ والنَّسرِ.

وهل يليقُ الأسودُ إلاَّ بي؟!

ولربُّما صـحَّ تعبيرُ تلك الحسـناء: الأسـود يليق بك (أحلام مستغانمي، الكاتبة الجزائرية، عمِلت في الإذاعة الوطنية، صاحبة رواية الأسود يليق بك).

يَشَـهدُ اللهُ أنَّه مَلَّكني حُبًّا ليس تعلقًا، ومسـلكًا محفوفًا بالأزهار المبهجة للصدور، وإنِّي قد اعتزلتُ الألوانَ اعتزالًا لا رجعة فيه، إذ وصَل بي الأسود حدَّ الاكتفاء.

هكذا هي ثقتي بذاتي، كهدوء البحر رغم ما يحدث من ضجيج عارمٍ في جوفه، كالنسر الذي يُحلِّق بمفرده على ارتفاعاتٍ شاهِقةٍ، وقدرته على الرؤية الحادة والتركيز رغم ما تواجهه من عقبات، رغم التحديات والصعوبات. كالنسر حقًّا، إذ يحب العاصفة حين تشتد، فيشتدُّ حماسه ويستغلُّ رياحها فيرفع نفسه إلى أعلى فوق

السَّــحاب، ثمَّ ينزلق من عُلاه مســتمتعًا، بينما تختبىء الطيور الأخرى بين أغصان الأشجار.

أعترفُ بأنَّني لا أعرفُ للخوفِ سبيلًا ولا حتى أكاد أستسلم؛ لدي قناعةٌ بأنَّ المستحيل كلمةٌ لا تخصُّني، هي فقط للقَاموس.

هل يبكي الأسدُ في الغابِ حين يمرض؟

أم أنَّه يموتُ جوعًا حين يمرض؟

فيتجلَّى لي أنه يجِبُ على المَرء على الرَّغمِ من كُلِ شـــيء أن يجرُؤ لِيَكونَ نَفسه. فسبق وقد عاهدتُ نفسي أن أغيِّر بعضًا من طباعي، مثلًا ألَّا أبادر بالسؤال دائمًا ولا أعاتب أحدًا على غياب، وأن أُوسِــع للعزلة مكانًا أكبر بعيدًا عن زحام العالم وضجيجه، وأنْ أقلِّل من العلاقات والإفراط في الأشـــياء، وأنْ أظهر بشـكلٍ سعيد دومًا مهما كان ويكون.

أليس الله بكافٍ عبده؟

فذَلك لا يعني أن تُغيِّر طبعَك لترضيهم، ولا مظهرك لتُعجِبهم، ولا أن تُخالف مبدأك لتوافقهم، لا تتصنَّع لرضاهم، إذ لك بصمةٌ فريدةٌ، عِشْ بما يُرضيك، حقِّق رسالتك الكونية وكُن لله.

أحِبب ذاتك؛ عندها ستكون إنسانًا مُسالمًا، سيمتلىء عالمك بالهدوء، ولن يهمُّك شيءٌ سوى سلامِك الداخلي ورضا الله ﷺ، هذا هو المعروف الذي يجب عليك أن تُقدِّمه لنفسك.

لستُ بغريب الأطوار، أنا فقط أعيش الاختلاف؛ فالعالم أصبح متشابهًا إلى حدِّ بعيد على كثيرٍ من النُّسخ (المتحاكون والمقلِّدون).

ولستُ أملك مِزاجًا متقلِّبًا أو صعبًا، ولكَن حقًا لا يشُدُّ انتباهي ما هو مُعتاد، رجلٌ يريدُ أن يكون هو فقط ويقبله الله على إحسانٍ.

الفصل الثاني| الهروب

في أشهُري الأولى بعد تخرُّجي في الجامعة بدأ السعي، السعي لخوضٍ حياةٍ عملية مرموقة، كان عليَّ أن أتولَّى بنفسـي عملية اتخاذ قراراتي الخاصـة. ماذا ألعب؟ ومع مَن؟ ومِن أين؟ ومتى؟ وكيف؟ كان من المُثير أنْ أكتشف كينونتي، إلَّا أنَّها مرعبةٌ بعض الشيء فكرةَ أن تكون قائدًا لذاتك المتقلبة.

«ماذا بعد؟»

هو سؤال النضج عندما يدركه الخرِّيج.

ماذا؟

وكيف؟

ومن؟

ومتى وأين؟

هل أدركت وأزدَدْت وعيًا؟

هل علمت بأن الشيب قد دنى منك؟

هل أديت رسالتك الكونية؟ حيث العبادة والعِمارة..

فهي بمنزلة الإخلاص حيث المهندسَ الوفي يُكوِّنُ التصـميمَ الأعظم.

كان هو القرار الصّـريح والعاجل من نوعه بعد تخرُّجي في جامعة السـودان للعلوم والتكنولوجيا (قسـم هندسـة الإلكترونيات) بعام 2020، كنجمٍ لامعٍ أقسَمتُ أن تنفُذَ أشِعَة حروفي لتكون نورًا

ومنهجًا لكل الأجيال القادمة، فبعد الثورة السودانية وتزامنًا مع بدء جائحة الكورونا (COVID19) بدأت القصة.

بدأت احدى الشـركات المختصّـة بتنظيم وترتيب جلسـات تخريجنا الدفعة 14 هندسة إلكترونيات (حاسوب - اتصالات) مع دفعـة هندسـة تكنولوجيـا المعلومـات (Information IT Technology)، التي رافقنا في بعض المراسم والتي جرت في قاعات الجامعة العريقة ثمَّ الرحلات النيلية والبرية، فقد كنَّا خطونا بعض الخطوات ومقبلينَ على الاحتفال الليلي الكبير، حيث الفرحة ولمَّة الأحباب، إلَّا أنَّه سـرعان ما اشـتدَّت الجائحة وأُغْلِقتِ البلاد بأكملِها بما فيها من تجمعاتٍ إلى حينِ إشـعارٍ آخر، وإن صـحَّ التعبير «إلى أجلٍ غير مُسمَّى!».

ثمَّ طرق بابنا ضـيفٌ عزيز، شـهرُ رمضـان المبارك، بكامل تفاصيله المُبارَكة، ذو الروح الإلهي بإيمان مُفعَم؛ فكنا على صيامٍ إلى أن شـارف على نهايته ومضـى زائرنا الكريم بخيرٍ، ولكنَّا ما زلنا على حالنا مكَبَّلين على حبسٍ من الوباء.

حَيرة، تَشوُّش، غُموض...

ماذا أصنَع؟

ماذا أفعل؟

كيف أستطيع تحمل بقاء المنزل دون خروج؟

هل هي نهاية العالم؟

أم أنَّ هنـالك فرصـةً أخرى لإنجازِ تطلُّعـاتي وطموحـاتي وأهدافي مُشعَلةَ الرَّغبة؟

أحيانًا أســرحُ بخيالي بكثيرٍ من المعاني الحقيقية، في حين أنَّ الواقع فارغٌ من أي معنًى!

ثمَّ بلطف الله غَشِــيني قرار الســفر، رحلة البحث عن المعدن فاقع الاصــفرار، كثيرًا ما كنتُ أسمعُ عن تنقيبه، إلَّا أنَّه لم يكن رغبتي يومًا ولم يخطر ببالي قط، يبدو أنَّ دوري قد أقبل لأخوض التجربَة بنفسي بدور البطل؛ فعزمت على الســفر إلى فَيافِي الشمال إذ بعد تحليلاتٍ عديدة كنت قد وجدتُه قرارًا مناســبًا للغاية؛ إذ لم تَعُد المدن تُطاق حينها بما حلَّ فيها من وباءٍ والناس على احتجاز.

لم ألكُ وحَدِي حينها، كان معي رفيقي وصـــحبي وقريبي ابن خالي «محمد موسى» (الملقب باسترليني، أسمر اللون، خريج جامعة النيلين بقسم إدارة الأعمال، شابٌّ دون الثلاثين من عمره، يتَّسم بعيونٍ سوداء، شخصٌ ينبعثُ من قلبه الدفءُ، يتميَّز بالقوة والعنـاد والثبـات على الرأي، كريم النفس طيِّبُ القلـب، يحب التواصـــل الإجتماعي والتقرُّب من الناس، طول قامته ١٨٠سم). فأكَّدنا على ذلك وحدَّدنا يومًا للسـفر، التاســع من يوليو 2020، علمًا بأنَّه كان يُمنع الخروج والسـير في طرقات البلاد كما السـفر داخليًا بين ولاياتِها، لكن من كان يعي ذلك؟

من كان يستطيع تحمُّل الحبس إلى أجلٍ غير مسمًّى؟

لسنا جذوع شجرٍ، ولا كأشيبٍ لم يعد لديه تطلعاتٍ حياتية!

لم نكُ نهابُ الخوف ولا الخوف يستطيع أن يُسيطر علينا، كُنَّا عقلًا واحدًا طموحًا في جسدين، نجمَينِ لامِعَين رشيقين، شـديدي الرَّغبات المشـتعلة، عازمَيْن على الفكرة والإرادة، كالنُّسور ضـد فرائسـها تمامًا، لا يتشـــتَّت تركيزها ولا تنظر أبدًا حتى تنقضَّ عليها.

فصَــدقَت الكلمات حين جاءت على لســان الشـاعر كعب بن زهير:

لَو كُنتُ أَعجَبُ مِن شَيءٍ لَأَعجَبني
سَعيُ الفَتى وَهُوَ مَخبوءٌ لَهُ القَدَر
يَسعى الفَتى لِأُمورٍ لَيسَ مُدرِكَها
وَالنَفسُ واحِدَةٌ وَالهَمُّ مُنتَشِرُ
وَالمَرءُ ما عاشَ مَمدودٌ لَهُ أَمَلٌ
لا تَنتَهي العَينُ حَتّى يَنتَهي الأَثَرُ

ثم حلَّ اليوم ودقَّت ســاعة الخوض فتسـارعت نبضــات قلوبنا نحو مغامرةٍ تقَشعرُّ لها الأبدان، نحو رحلةٍ مسدُودٌ دربُها، كنا على أماكنَ متباعِدَة من حيث الإقامة، كنتُ أقيمُ بأمدرمان (أمبدة) وهو بالخرطوم (الحاج يوسـف الفيحاء)، فاجتمعنا كأوتار جيتار عن بعد سنتمراتٍ على انجسامٍ تامٍ لتأليف نوتةٍ موسيقيةٍ رائعة مُبهجة، وكانت شـحيحةٌ أمولنا وضيّقٌ وقتنا، التقينا بالخرطوم (بحري)، حيث البصّــات التي لم تكن تعمل للنقل حينها بسـبب جائحة كورونا، ســوى بعض ســائقي السيارات الخاصــة، الذين وجدوا الوباءَ فرصــةً لجشــعهم ونقل الركاب؛ إذ تجاوز سـعر الراكب الواحد أربعة آلاف جنيهٍ سوداني، لم نكُ ننظر إلى الجانب المادي، فكل ما كان يدور في بالنا أن كيف نخرج من المدينة الخرطوم؟ ومتى نصــل إلى ولاية نهر النيل، مدينة أبي حمد تحديدًا حيث صــاحبٌ لي يدعى محمد عائد (صديقي، ذا الأربعة وعشــرين عامًا، أي في مقام عمري، يقيم في المنشية، أحمر اللون، ذا عيونٍ عسـلية، قويُّ البِنيَة والإرادة، يعتمد على نفسـه في جميع مجالات الحياة، يصاحبه الغموض أحيانًا)، وقد كان على علمٍ بتوجُّهنا إليه،

وهو مكان المقصد، أبو حمد، الصحراء منجم خط تسعة، بجوار خط القبقبة الكبيرة حيث يُعتبر خط تسعة جزء منها.

شـــاء الله فتحركنا متجهين إلى الشمـال على عربةٍ صغيرة «كوريلا» ذات اللون الزيتي، ركيكة المقاعد، مشـــوهَّة الخارج بعض الشـــيء، كعربةٍ قديمةٍ تمامًا تُتَعتِعُ تَع تَع تَع على طريقٍ وعِرٍ؛ خمسـة آلاف جنيه سوداني للراكب الواحد، كنا على متنِها أربعة أشـخاص باستثناء السـائق، أنا ورفيقي صاحب العيون السـوداء، ولا أتذكر الرفيقين الآخَرين. كانت الرحلة مصـحوبةً بشـــيءٍ من القلق والتوتر حول كيفية الوصـــول رغم صـعوبة الطريق، والأهـل الـذين أهملنـاهم خلفنا على إبتلاءٍ بجـائحـة الكورونا؛ هو فقط كان تسـليمٌ وتوكُّلٌ تامٌّ على الله وإيمانٌ بقدره، أليس الله بكافٍ عبده؟

كان الوقت يُقارِب الثانية عشـــرة ظهرًا حين تحرَّكنا، وكان الخوف يعترينـا دَوالَيْك، ممزوجًا بفرحـة الخروج بعيدًا للعمـل متفادين احتجاز الكورونا، كأمِّ عروسٍ بدموع فرحٍ وحزنٍ معًا؛ لا ترسو على برٍّ، أتفرحُ لزواج ابنتها أم تبكي وتحزنُ على فراقها؟

مـا كان برحتنا استمتاعٌ، أفي الهروب متعة؟!.. ربما في نهايتها، أيُعتقد بالمرءِ أمام الظروف المُميتة في مواجهة الفايروس الجائح أنْ يُفكِّر في النجاح والطموحات؟! يا إلهي!

الفصل الثالث | أراضي الشمال

كانت تلك هي بداية الرحلة، ولربما الجزء الأكثر إثارةً فيها، على مدارج رحلة الهروب بحثًا عن حلم الثراء المتمثل في الذهب الخام المتناثر بين الصخور وفي باطن أرض صحراء السودان.

يكفي أن تكون لديك نفسٌ توّاقةٌ للعُلى، طموحةٌ، هادئةٌ، غير مُبالية، مُرعَبةٌ ومنغلقةٌ عن العالم سوى تطلعاتها.

لم يطُل سفرنا رغم مُعيقات الطريق، وصلنا إلى نهر النيل ليلًا نحو الثامنة والنصف بعد صلاة العشاءِ، كانت أمسيةً فطِنة تحت سُطُوع نجومِ السماءِ، لم نصـل مدينة أبي حمد بعد، بل المنطقة التي قبلها وهي العبيدية، ليسـت بعيدةً عن الأولى كثيرًا وكلتاهما تُعدَّان إحدى مناطق تعدين الذهب.

«العبيدية ولاية نهر النيل، السودان،

الموقع:

تقع في ولاية نهر النيل شـمال مدينة بربر بـــ18 كيلومتر، يحدّانِها النيل ومنطقة الباوقة غربًا ومنطقة مبيريكة شمالًا، وحدود ولاية البحر الأحمر شرقًا ومنطقة الحفاب جنوبًا.

قرى المنطقة:

تنقسـم منطقة العبيدية إلى عدة قرى صـغيرة وهي من الجنوب إلى الشمال:

• الضانقيل

- الحافاب والنمر والطاشاب
- القمبرات
- الطريف
- القيزان
- النفافير
- الهدباب (بها محطة السكة حديد ويبعد عنها مشروع البنطون بنصف كيلو مترٍ تقريبا).
- ود الشيخ
- أبو مريخ
- ارتولى
- مبيريكة

التركيبة السكانية:

سكان المنطقة الأصليون هم الميرفاب ويمثلون نسبة 75% من السكان بالإضافة لعدة قبائل منها الجعليون والرباطاب والخيراب والمرغماب (كواهلة) والكمالاب والمناصير والبشارين والنوبة (كردفان) والأنقرياب والكديشاب والجهيماب والمنصوراب.

العادات والتقاليد:

يتنوَّع تراث سكان المنطقة بتنوع القبائل الموجودة بها:

• يُقرَع النحاس في الزواج واستقبال الضيوف وقديمًا في الحرب، ويخُصُّ الميرفاب.

• الهجن (سباق الإبل) ويُقام في الأفراح والفروسية واستعراض مهارات الإبل، ويخصُّ القبائل البدوية (البشارين والجهيماب والخيراب).

• توجد بعض التُّراثِيَّات الأخرى التي تشمل خشم بعض البيوت مثل عزف الربابة والطنبور مع التصفيق».

إنها مناطق بشتى أسمائها على قدرٍ عالٍ من الجمال، لم يسبق لي وقد سمعتها من قبل لولا أن سافرتُ إليها، ولربما لم تطرق سمعك قبلًا أيضًا.

وصلنا إلى ولاية نهر النيل وكانت المرة الأولى بالنسبة لي! كأوَّل مولودٍ عند العروسين، كمن اعتَلَى منصة الغناء لأول مرة، بينما رفيقي استرليني فقد كانت المرة الثانية له؛ لم يكن هناك شيءٌ جديدٌ بالنسبة له.

خيَّم علينا الليلُ في منطقة العبيدية فأوينا إلى أحد اللوكندات (نزل استراحة) لا أتذكَّر اسمه، نِمنا مشوَّشي الأذهان حتى آخر الليل وبُزُوغ الفجر، فطرَق سمعَنا أذَّانُ الفجر، الصوت الذي يُحيي الروح، حيث كان المسجد في الطابق الأعلى منا، فورًا قصدتُ المسجد بصُحبة استرليني وبعض الإخوة بالدار لأداء صلاة الفجر في جماعة، وبعد أن أشرقت الشمس توجَّهنا إلى الخارج نحو مقهًى كسائر المقاهي حيث يكون بائعِي الشاي، نفس الروتين والبرتوكول السوداني بشرب شاي الصباح، تذكَّرتُ جلسات جدتي العزيزة (حبوبة كِنَّة) مع الوالدة نبع الحنان (ليلى أحمد)، كأوتار جيتار كلاسيك في تناقم، كلآليء تلمع في بحرٍ صافٍ. ولكن هذه المرة كانت الأمور مُغايرة الحركة، لم يبعد المحل كثيرًا من دار اللوكندا، جلستُ على كرسيٍّ بلاستيكيٍّ أحمر

اللون وذهبَ محمد موسـى (اسـترليني) لجلب الحليب، ثمَّ أقبَل وبحوزته كوبين من الحليب ممزوجانِ بالشاي الأحمر، بينما كنتُ قد طلبتُ بعض حبَّات الزَّلابية (الزَّلابية هي كالخبز، عجينها من دقيق القمح والخميرة، يُلتَقط يدويًا بمقدار قبضة اليد ليصير كراتٍ صـغيرة تُرمى في زيتٍ سـاخن لتُحمَّر وتصبح زلابية بنكهة وصـنـاعة سـودانية)، لم يتفوَّه أحدُنا بكلمةٍ البَتَّة، لم يكن الوقت مناسـبًا للحوار الكثير، اكتفينا بالنظر إلى بعضـنا والنظر إلى ما حولنا، كنتُ أنا من يُحدِّقُ ويُبـالِغ في التلميح حيثُ البيئة الجديدة وأناسٌ بأسـلُوبِهِم وتعاملهم حيث الوُحدَة، شـيئًا ما كان يشـبه ما اعتدناه، شـيءٌ من القاسـوة ثمَّ لينٌ في حينٍ آخر. أخلينا النُّزُل حاملين أمتعتنا عازمين على السـير إلى أبي حمد حيث مقصدنا، لم نكن نعلم أين محطة الموصلات، استوقفنا أحد المَارَّة وسألناه فدلَّنا عليها، وصلنا ووجدنا المواصـلات عربات من نوع البوكسي ذي الطراز القديم موديل 2008، لم تكن هنالك باصـات إذ إنَّ المسافة قصـيرة بين المنطقتين، فانطلقنا إلَّا أنّنا لم ننتبه لما مررنا به في الطريق إذ كان النعاس قد غلبنا، ولم نتحدث كثيرا حتى وصـلنا مدينة أبي حمد.

«أبو حمد هي مدينةٌ سـودانية في ولاية نهر النيل تبعد 538 كيلومترٍ شمال الخرطوم، سكانها من قبيلة الرباطاب والجعلية.

تعتمد على الجزيرة مقرات وجزر حولها في كثير من الأشياء (الخضـروات بأنواعها، وبعض المعادن، وبعض الآثار)، وهي تقع على منحنى نهر النيل في شـكل هلال، وبها توجد سـكة حديد وطُرُق مُعبَّدة ومطارٌ صغير».

صـبِيحةً اليوم التالي نحو السـاعة التاسـعة، لم أحدق كثيرًا هذه المرة؛ يبدو المكان مألوفًا بعض الشـيء، لم يكن يختلف عن سـابقه

كثيرًا، أدخلتُ يدي بجيبي سَاحِبًا جوَّالي، فتحتُ نمطه ثمَّ بحثتُ عن رقم صديقي محمد عائد لأُخبِره بوصولنا، فرَّن الجرس..

- ألووا!، صديقي كيف حالك وصحتك؟ لعلك بخير، إن شاء الله وصلت إلى دارنا؟

- نعم لقد وصلنا، ونحن بخير أيضًا، كيف حالك؟

- بخير الحمد لله، عليكم البقاء قليلًا سآتي إليكم قُبَيل صلاة العصـر؛ إذ أنَّني الآن في مهمة إشرافٍ على منجمٍ في الصحراء وحتى الرجوع إلى المدينة أبي حمد سـيسـتغرق وقتًا يُقارب الساعةِ.

- خذ راحتك يا صـديقي ليس هنالك مشـكلة، سـننتظرك ونحن على اتصالٍ معًا.

ثمَّ أغلَقتُ الخط.

بدَت سـاعات الإنتظار طويلةً بعض الشـيء، لكن من كان يبالي؟! من كان يتذكَّر ويعُدُّ تلك الساعات؟! كنَّا فرحين لوصولنا رغم إغلاق الطرق بسبب الجائحة ورغم المغامرة التي خضناها، لكن سـرعان ما داهمتنا مشـاعر الحُزن على مفارقة الأهل والأحباب، ومتى ينتهي الوباء لنعُد، لم نكن نعرف أحدًا في المدينة للذهاب إليه لننال قسـطًا قليلًا من الراحة، إلَّا أنَّنا اكتفينا بالجلوس عند إحدى آنِسـاتِ الشـاي (تاجِرات الماء السـاخن)، طلبنا كوبَيْ قهوة بالقليل من الزنجبيل وحبِّ الهال، فالقهوة هي رفيقةٌ حقيقية وصـادِقة، تُشـاركنا مرَّةً على الأقل في اليوم، إنها نصفُ جمال اليوم، تزدادُ جمالًا بمرارَتِها ولونِها الأسـود المائل إلى البُنِّي، إن أغمضتَ عينيك، واستنشقت رائحتها ثمَّ تذوقتها ستُدرِك بأنَّ ثمَّة أشياءَ كثيرةً دافئةً صغيرةً حُلوةً مُخبَّأةً في قلوبنا لا يَمسَّها أحد.

وبينما كنا نرتشــف القهوة من كأسـينا أخذتنا الحوارات التي كانت تدور حول أذهاننا وبعضــها كان ذكرياتٍ بالية من أيام الدراسة في مرحلةَ الأساس وما كان فيها من براءةٍ وصِدق إخاء، حتى حان موعد الفطور، والذي أعتبره أفضـــل وأهمّ وجبة خلال اليوم فلا استَخفُّ به، ذهب بنا الجوع إلى أحد المطاعم، تشاورنا في الاختيار من الأصــناف المتوفِّرة فتوصَّـــلنا لاختيار الفراخ، اكتفينا به وبعد أن أفطرنا روينا العطش بعصير البرتقال، ثم عدنا إلى تلك الآنسـة لشُربِ شـايًا أخضرًا، حيث كنتَ أنا من يحمل الشــاي الأخضـــر (ليبتون- Lipton) في حقيبتي، كيف لا وهو شـرابي المُفضَّـل، والذي يمنحني الإحساس الجلي الذي لا حدود له، أليسَ المُحِبُّ لمن يحبُّ يحمله في ثنايا قلبه ويُشاطره دومًا؟!

مضـــت السـاعات على عجل، فحان موعد صــلاة الظهر، فقصدنا مسجدًا كان بالقرب منا، أدَّينا الفريضة ومكثنا قليلًا، أخذنا قيلولةً حتى دخل علينا أوان العصـــر، بينما كنَّا خارجين من المسجد، اتَّصـل بي صديقي محمد عائد ليعلم مكاننا، أخبرته أنَّنا نقف بالقرب من مركز شـــرطة المرور تحت عمارة، ثم جاءنا سـائقًا سيارة بوكسي ذات طرازٍ قديم بلونٍ أبيض يُخالطه الصدأ، كانت كافية لحمل كثيرٍ من الأحمال رغم هيئتها البشـعة، فركبنا معه ثمَّ قصـدنا دخول السوق لشراء بعض المُؤَنِ والمستلزمات والأدوات التي يحتاجها كل مَن هو ذاهب إلى الصحراء.

خرجنا عصـرًا قبل دخول وقت صلاة المغرب، متوجِّهين نحو الصـــحراء إلى منجم تسـعة وهو منجم أبيه عائد، راقبتُ مغيب شمس الصحراء، كنت مُحتارًا مندهِشًا إذ لم يكُن كغروب الشمس في المدينة بين المباني الشاهقة وزِحامِها!

فلاحظت أشياءً كثيرةً غيرَ مُعتَادةً في العاصمة الخرطوم بنفس تفاصيلها هنا؛ إذ غابت الشمس آخذةً معها النور، وبدأ لون السماء

يقتم شـيئًا فشـيئًا وتحوَّل إلى الأرجواني حتى غابت الشـمس عن الأنظار تمامًا، إنَّه لمشـهدٌ رائعٌ جدًا، كذلك الأعْجَبُ وأدهَشُ عندما تغيبُ خلف الرمال عاكسةً لونًا قُرمُزيًّا يبعث فيضًا من نورٍ يُفجّر القلوبَ انبهارًا وحُبًّا، كان المشـهدُ جميلٌ بمعنى الكلمة حرفيًا لا مجازيًا، مهما حاولت الوصـف تخونني الكلمات ولا أحسب أنَّني استطعت وصفه بشكل دقيق، كل تلك الفوضـى الجمالية العارمةَ كانت لمدة سـاعةٍ واحدة، ثم وصـلنا إلى المنجم موقع المقصـد مغربًا وقد خيَّم الليل في الأرجاء، كان قد حل بنا العناء والنّصب، لكن من كان يشـعر؟! أذهلتنا تلك المناظر الطبيعية الخلابة من مغِيبٍ ورمالٍ.

رحَّب بنا أهل المنجم ترحيبًا بالغًا حارًّا جدًا كـأنَّهم يعرفوننا من قبل، لكننا لم نُصدَم بذلك فهي عادةٌ مغروسة عند كل السـودانيين، عادة استقبال الضَّـيف بكل لطفٍ وحرارة، وعادة الكرم، والجود والشـهامة، بانَ كل ذلك في ملامحهم بصـدقٍ تام وفي نبراتِ أصـواتِهم، ثم أمروا لنا بضُـروب قِرًى، فجاءونا بأصنافٍ شهيَّةٍ من الطعام، حيث البساطة والصدق، لم يطيلوا لنا الحديث ثم صلَّينا العشاءَ وغفونا.

الفصل الرابع| على رمال الفيافي

أشرقت أنوار الصّباح فنظرتُ إلى السماء متأمِّلًا، فعادة التأمُّلِ هي النعمـة التي أشـكر عليها ربي كثيرًا، فتذكَّرت قدرة الله وجبروته سبحانه خالقي! وخشعْتُ له سبحانه وتعالى ﷻ.

حان الصــبح واختبأ القمر في مداره ليُفسِحَ مجالًا لشـروق الشّمس من جديدٍ ببصيصٍ من أشعتها، فذكَّرني ذلك بنظام الخالق الذي لا يُحيط بعلمه شيء، وأنَّ رحمته وسعت كل شيء، فتمنَّيت لو أنَّ البشر جميعًا يسيرون على بروتوكولٍ محسومٍ ومقدَّس لِعَيشِهم، فيستفيدُونَ من وقتهم لتسير حياتُهم على أكمل وجه.

ذلك مما لا شـكَّ فيه أنَّ الصبـاح هو بعثٌ جديدٌ لحياةٍ جديدةٍ، وأنَّ من المُســتَحْسَــنِ للإنسانِ أن يطرحَ ثوبه القديم ليرتدي ثوبًا آخر مختلفًا، وأنْ يُدرِكَ ما يحتاجُه من تصحـيح لأخطائه، متفاديًا كثيرًا من عاداته غير الإيجابية، ويتطلَّع إلى يومٍ متميِّزٍ وفريدٍ من نوعه ليكون فيه أكثر حبًا وصدقاً لذاته.

خالط الصباحَ الروتينُ السوداني من جلسـة شـاي الصباح، فبينما نحن جلوسٌ على رمالٍ يكسوها اصفرار الذهب كنا نشرب الشــاي ونتبادل بعض الأحاديث والكلمات العفوية على معانٍ مُضحكة مزاحًا؛ فهي عادة تشكَّلت وخالطت الشَعبَ السودانيَّ الأبيِّ، فكان الحديث بيننا كأهل المنجم حول العمل، وسَـألنا صديقي محمد عائد قائلًا:

- مـاذا تُفضّــلون من العمـل؟ أو مـا الذي لكم فيـه خبرةٌ الكافية؟.. أتريدون العمل كسـائقي لوادِر؟ (اللودر أو الرافعة هو عربة الصحراء ذات العجلات، ترفع جبال التراب من مكان إلى آخر من حيث التصفية لإيجاد المعدن الأصفر) أم أنَّكم تريدون العمل كحفَّاري آبار؟ (تُحفَر الآبار بالآلات الكهربائية تعرف

بالجاك همر والمادة المتفجرة الدناميت؛ لأجل استخراج الحجر الذي يُستخلص منه المعدن الأصفر).

على الرغم من أنَّ حفّار الجاك همر شديد الاهتزاز ويؤدي إلى انهيار أسقف الغُرَف الواحدة تلو الأخرى متسببةً في انهيار البئر كلها تدريجيًا في حال كونِ التّربة الرملية بالغة الهشــاشــة – فقد أجبنا مستغربين ومتعجّبين:

– لوادر؟! (فأومأنا برأسَينا) لا لا؛ ليس لدينا خبرةٌ في مجال قيادة اللوادِر ونفضل العمل في مجال حفر الآبار.

– جميعُ الآبار مليئة بالأجيرين باستثناء بئرٍ واحدٍ فقط متاح لكم للعمل فيه وهو البئر الأم، على مسـماه، هو أوَّل بئرٍ فُتِحَ في مَنجمِ تسعة، يتجاوز عمقه مِئَتَيْ مترٍ، كلُّ من يأتي للعمل فيه يُفزِعه ويُرعِبه ضيقُ ممرّه الداخلي وعمقه وصلابته الشديدة عند الحفر، لكنه الأفضـل من حيث كمية الذهب وجودته؛ حيث كان قد وصل جر الشوال الواحد (نسبة الشوال بالجرام بعد التخلص من الحجر بالزئبق) إلى أربعين جرامًا، إلّا أنَّه قد تراجع إلى أربعة جرامات، ولكن يُؤمل أن يرجع ولربما بزيادة مُفاجِئة من حيث الصناديق (الصناديق هي بمثابة ذهب متجمع كثير في مكان واحد تزن نسبته الكيلو فأكثر، إذ يعتبر ذلك نادر الحدوث).

فتواطأنا معه على الأمر فورًا، وكان فيه ثلاثة أشخاص وهم:

• الشـخص الأول يُدعى يوسف تيشا، شابٌّ أربعيني داكن اللون، ذو فلجة، على عفويّتِه وقِصَصـه المُضحكة يستحقُّ لقب ملِك المرح، فمعظم أحاديثه يتخلَّلها استعراضٌ تاريخيٌّ ركيكٌ وملتوٍ، كان بوسـعه جعلي أضحك بقهقهة بينما كنت لا أعرف لها سبيل سوى ابتسامتي الطفيفة.

- الشخص الثاني هو فيصل يعقوب (حضر الصول)، رجلٌ كبيرٌ في السنّ يتجاوزُ الخمسين عامًا، رغم ذلك يتَّسِم بالقوة البدنية والروح الشبابية الرياضيَّة، كان على صِلة قرابة بيوسف تيشا، وبحوزته جهاز راديو، فكانت إذاعتَيْ «دبنقا» و«التمازج» من أولوياته، فلم تكن عوالمنا متداخلة معه كثيرًا من حيث الحوارات والمرح، كنا نكتفي باحترامه كرجل في مقام والِدينا أو يكبرهم.

- الشخص الثالث كان يُدعي التجاني (الدعم السريع)، عمره يُقارِبُ الثلاثين، دائمًا في عجلةٍ من أمره، كأنَّه لم يبْقَ من الحياة سوى دقيقةٍ واحدة، لا يستقرُّ جالسًا، فيخرج ويهوم على مدار اليوم إلى كل التَّايَات (التَّاية هي الرَّاكوبة التي تُنصَب في الصحراءِ من أجل العيش لبِضعة أيام، تُصنَع من جوالاتِ الخَيش وكراتين وجوالات بلاستيكية تُسمَّى مشمعات).

إنَّها لحياةٍ بسيطة، أناسٌ فيها يُعانقون بعضهم بالحب والسلام، قلوبهم بيضاء كاللبن المُصفَّى بين فرثٍ ودمٍ، كالدُّرَر لمعانًا واختلافًا وعظمةً، أناسٌ سلَّموا قلوبهم لله وتوكَّلوا عليه، فواستهم عيشةُ حياةٍ على فيافٍ فيها تجارِب عُدَّة؛ تكسوهم الشجاعة والشهامة، يعملون من أجل رزقٍ حلالٍ، يَسدُّ جوعًا أو تُحقِّق حُلمًا.

كلُّ من سعت به قدماه هناك وكانت قد تأخَّرت به الحياة ولم تُعلِّمه الكثير من التجارِب، كمن يواجه صعوبة إعداد الطعام، سيتعلَّم ويتقن الكثير، سيُتقِن كيفية فرن رغيفٍ محلي والقراصة، وصواطة عصيدة وطبخ كثير من الملاحات المختلفة، بالأخصّ ملاح الكجيك (ملاح من السمك المجفف، يُعَد أفضل ملاح، إذ أنَّه يحافظ على المناعة ويقوّيها بما يحتويه من عناصر مهمة)، عندما يتم إعداد الطعام ويُوزع على أطباق يصرخ أحدهم كلمة (قَرَنَت)؛ أي دقَّت وحلَّت ساعة الأكل، فقط بذلك المصطلح البسيط ترى

الناس على عجلةٍ من أمرهم للمجيء فيجتمعون، والذي لم يحضر يُطلَق عليه مصطلح (جر خمسين) أي كأن الأمر أشبه بالضربة القوية، من أجل المرح.

انضممنا للثلاثة أشخاص للعمل معهم في البئر الأم فاكتملَ عددنا خمسة، كان الترحيب جميلًا، حيث التعارف وبدء عِشرةٍ مُشرِقةٍ بأنوارِ ربِّها.

مضى اليوم الأول بالكثير من التفاصيل الدقيقة؛ فلم نعمل، كُنا قد مُنحنا فرصةً لجمع قوانا ونشاطنا الذي فقدناه عند السفر، فكنا نتأمَّل ونمرح بالجو الصحرائي حيث شروق الشمس بصفاءٍ فوق التلال السامية، إلَّا أنَّها سرعان ما غربت وخيَّم الليل على أمسيةٍ دامسة، مُصبحين اليوم التالي أتذكر أنَّه كان الثاني عشر من يوليو 2020، فجلسنا فوق الرمال الصفراء وبدأ العمُّ فيصل بالحديث عن طريقة العمل وكيفيته وتقسيمنا على مجموعات، بصفته رئيس الثَّاية (يقوم بتوفير كافة خدمات مجموعته)، فصرَّح بعد إلقاء السلام والكلمات الجميلة من روح المحبة السودانية:

- العمل سيكون كالآتي، نحن خمسة أشخاص، سنعمل على دوامين (حصتين)، دوامٌ بالصباح الباكر من الساعة السادسة والنصف حتى العاشرة والنصف صباحًا يكون لصالح التجاني (الدعم السريع) وصالحي أنا (عم فيصل حضر الصول)، ودوام يعمل بالمساء من بعد صلاة العصر أي من الثالثة والنصف حتى السادسة مساءً، وهو دوام مصطفى يحيى ومحمد موسى (استرليني) ويوسف تيشا.

فاستجاب الجميع لذلك، قامَا مُباشِرَين عملهما فهما المجموعة الأولى بعد أن احتَسَوا الشَّاي متوجهين نحو العمل، تركونا بالخارج، حيث يجب على من يُترَكون القيام بمَهام الطبخ، يومًا

بعد يومًا أو على حسب الجدول المُتَّفق عليه، فكان تيشا من قام بإعداد طعام الصباح، ونحن كنا نستمتع ونثوب من التلال الرملية المحيطة بنا، ثمَّ أوشكنا على الاستعداد للمساء لنبدأ نحن العمل في البئر ويُعدُّ الطبخَ أفراد دوام الصباح.

دخلنا البئر الأم وبينما كنَّا على مشارفَ الدخول كنت محتارًا جدًّا بممره الضــيق وكيفية طريقة دخولنا، فوثب قلبي حينها وأصــابني الهلع إلى حدٍ ما، لولا أن ثبَّتني الله وتيقَّنت أنَّه لن يصيبنا شــيءٌ إلا كتبه الله لنا، فتلاشى ذلك الهلع لحظتها، علمًا بأنَّها المرَّة الأولى التي أدخل فيها بئر حفر، فكنتُ سعيدًا جدًّا، لقد أعتبرت الأمر مغامرةً جديدة حيث الهروب من أجواء المدينة المكتظَّة وما فيها من كوفيد 19- الكورونا. متمهِّلون حتى وصلنا جوف البئر حيث الحفر، كان يكمنُ الخوف منه في ســلك ممره والطريقة التي يُحفَر بها، ســيهابه جُلُّكم مما لا نقاش فيه، قد يبدو الأمر سخيفًا، أعلم ذلك وهذا ما ظننته في بدء الأمر.

تقدَّمَنا يوسف تيشــا في الحفر بآلة جاك همر، حيث يُتوصَّل بالكهرباء، ولم تكن لدينا خبرةٌ عنه حينها ولا حتى رفيقي محمد موســى؛ إذ أنَّه عمل مُســبقًا بأنواعٍ أخرى من الآلات كالعجنة والشــاكوش، التي تُعَدُّ آلات حفر أقل جودةً وفاعلية. بدأ يوسف بالحفر وكنا ننظر بكل تعَجُّبٍ ومرح، رغم أنَّنا داخل بئر يبلغ عمقه مئتي متر، كيف لا وقد كان شيئًا غير ما كُنَّا نألف، شيءٌ جديدٌ يحدث لأول مرة، كأوَّل مولودٍ عند الأبوين، كشروق الشمس بعد مغيبٍ طويل في شِتاءٍ قارص، كالشمسِ ضِياءً والقَمرِ نُورًا. أكمل يوسف جولته من الحفر وأتى دورنا فزحف محمد موسى (يحدث الزحف منذ لحظة دخول البئر حتى طلوعه، لا مجال للوقوف طولًا) وأمسك بالجاك همر (توجد منه أنواع وأحجام

كألف وسبعمائة، ألف وخمسمائة، وألف وأربعمائة أصغرهم من حيث القُدرة المُقاسة بالواط) فقال يوسف:

- أترون هذا الزر؟ هو زر التشغيل، ثم هذا الذي بجانبه الذي يصغُره هو زر التعليق للبقاء على قيد التشغيل دون الضغط المتقطع.

بدأ محمد موسى (استرليني) وهو مُفعمٌ بالحماسة مُراعيًا ما قيل له: «لن تحصل على نسبة مئة بالمئة عندما تبدأ بتجربة شيءٍ جديد»، لكنه كان جيدًا في أداءه بعض الشــيء، فنال إعجاب الخبير تيشـا. ثم حان دوري متحمسًـا، فبدأتُ ورفعته فإذا به كان ثقيلًا ويشــبه بندقية مشــاة البحرية الأمريكية، بندقية هجوم هيكلر_كوخ إم 27، كان حـالي كحـال جنديٍّ حربي في معركتـه على هبوبٍ من رياح وغبار، كأنِّي بعاصــفة ذات هزيم وكنت له النسر الذي يحلِّق عاليًا مستخدمًا العواصف، كأنَّه الحالة وكنت له الطبيب، كأنه الجُرَذ وكنت له قط الماو، كأنَّه النار وكنتُ له الاشتعال المُتَوَهِّج، حتى دُهِش يوسف من روعة المشهد، فذكرني قائلًا:

- يا أنت لقد أبليت حسنًا، أنت شجاعٌ ومتحمِّسٌ فعلًا، بارك الله فيك، حسبُك، اكتفِ بهذا القدر الجميل وخذ قسطًا من الراحة.

فأمســك بالجاك همر مجددًا وبدأ في جولته الثانية من الحفر، وبعد أن أنهى كلٌّ منَّا جولته الثانية خرجنا من البئر زحفًا، إذِ الخروج أصــعب من الدخول كدفع ماءٍ من الأسـفل إلى الأعلى، يجد مشـقةً وتعبًا، أما دفعه من الأعلى إلى الأسـفل فجهده أقل، ثم عدنا إلى التاية مغتبطين بما أنجزناه من عمل، فأتوا إلينا بطعامٍ على صنوفه، عصيدة وكبسة ومكرونة، ثم يُتبَع بالشاي، كنا نعيش

كل لحظة بكامل تفاصيلها حيث البيئة، والأشخاص، والرمال، والآلات، والتايات.

كانت هنالك الكثير من التايات متقاربة من بعضِها، كُلُّها في منجمٍ واحد إذا أنَّهم منقسمون على مجموعات، لكل مجموعة بئرها الخاص ثم تنقسم كل مجموعة إلى مجموعتين أصغر لتعمل كلٌّ منهما بأحد الدوامين.

كانت الأيام تمرُّ ليلةً بعد ليلة وأسبوعًا بعد أسبوع وتحلو، كنا مُفعَمين بالنشاط والحيوية التامة وعلى تكاتفٍ وسعادة.

ولو أنني سألتُك بكم تُقيِّم سعادة كهذه كيف تكون إجابتك؟ ألسنا في عصرٍ كل شيء فيه يُقدَّر بثمن؟

كانت شبكة الاتصال والإنترنت متوفرةً في منجمنا (منجم تسعة)، مُستمرَّةٌ على مدار اليوم إذ إنَّها الميزة التي فقدتَها جُلَّ المناجِم البعيدة، بينما لم يبعد منجمنا عن المدينة سوى ببضعة كيلومترات، لذلك كنا على تواصل دائمٍ بأهالينا.

كنا في المنجم كأسرةٍ، بحب وحريةٍ تامة، كنا نتحدَّث بعفوية وصِدق ونضحك كثيرًا على الكبيرةِ والصغيرةِ كأنَّ الوباء لم يحُلَّ بالبلاد.

ذاتِ مرةٍ تحدثوا عن البحر (مصطلح البحر لـديهِم يعني الرجوع إلى مدينة أبي حمد)، لكنها ليست بالمدينة الكبيرة، بل إحدى ضواحيها على بعد كيلومترين توجد منطقة تسمى القبقبة، وهي منطقةٌ خاصة بالرجال دون وجود أي إناث؛ إذ فيها تُقام أعمال الشركات والتعدين؛ فهو مكان خاص بالتجار والعُمَّال (الجنقو)، إلَّا أنِّي في بادئ الأمر ظننتُ كلمة البحر التي يتداولونها البحرَ الخلَّاب الطبيعي، حتى أنِّي تحمَّستُ جدًّا ظننتُ أنَّنا بعد جهدٍ وأيامٍ من التعب سنعود إلى المدينة ونحن نحمل الأحجار المحتوية

على الذهب ثم سـنزور البحر لأجل السـباحة والاسـتمتاع حيث الهدوء وأصوات الأمواج وزقزقات الطيور.

سـرعان ما مضـى الشـهر فنزلنا البحر، من مجموعتنا ثلاثة أشـخاص أناس البئر الأم، تاركين محمد موسـى ويوسـف تيشـا ليحرسُـوا الأمتعة والتاية ويواصـلوا العمل داخل البئر حتى حين عودتنا وبحوزتنا الغنائم والبُشـارات، كانت للمنجم عربة نقلٍ للأحجار (الكي واي KY) مسطحة صفراء اللون، ومعنا على متن العربة أناسٌ من كل المجموعات الأخرى، كلُّ مجموعة ومعها الأحجار خاصـتها، سـارت العربة في طريقها إلى البحر يقودها «فتحي أبو عمار» (شـاب ٌثلاثينيٌ يقيم في مدينة أبي حمد، فاتح اللون). وقد كنتُ سعيدًا جدًا برحلتنا هذه بعد انقطاعنا شهرًا كاملًا في الصحراء، كالثعالب في براريها.

اقتربنا من البحر (القبقبة) وإذا بمشـارف المدينة لاحت لنا من على البُعد، وما أن دخلناها حتى رأينا الكثير من شـركات التعدين ومكاتب الصّاغة (تجار الذهب)، اتّجهنا نحو الشركة التي يتبع لها منجم تسـعة، أخذت منّا رحلة الوصـول سـاعتين إذ أنَّ الحمولة كانت ثقيلة، ما يقارب ثلاثة مئة جولٍ من الحجر. وصـلنا ثم أدخلونا الغرف، إذ توجد غرفٌ لعمال الشـركة في بكل خدماتها، حيث يعملون طوال اليوم وينقسمون على دوامين، ليلي ونهاري، أغلبهم من أبنـاء شـعـب الحبش، إخواننا بدولـة الجوار، فهم مُتخصِّـون في مثل هذه الأعمـال، ثمّـة عُمّـالٌ آخرون يُنزِّلون جوالات الحجر من على متن العربة، ليعمل الحبش على إدخالهم في الطواحين (الطاحونة أو الطاحن هي أهم مرحلة في استخراج المعدن الأصـفـر من الأحجار). كلُّ شـركة تعدين لديها مولدات ديزل لتوليد الطاقـة الكهربائيـة وعشـرة طواحين على الأقل، وكاميرات مراقبة، وحوض غسـل الزئبق المخلوط بدقيق الحجر بعـد الطحن، وغرف العمـال المحليّين والمرتحلين، وغرف

المشـــرفين، ومكتب المدير وأكوام من التراب الناتج من الطحن والتصفية لكن ليس خالص النقاء بعد ويسمى بالكرته أو الكارته، يحوي الزئبق الذي يغطِّي الذهب ومعادن ثمينة أخرى، وتُقَّدَّر قيمة الكرته بمليارات الجنيهات.

يتم اسـتخلاص الذهب منـه بتفاعلٍ كيميائي، إذ يتوقَّف استخلاص الخام من الكارته على نوع وجودة المادة المُستخدمة في هذا التفاعل، كمادة جين شـان الذي تُعَدُّ أفضـل مادة كبديل ممتازٍ لمادة السيانيد كما تُعد آمنةً لا تضرُّ الإنسان ولا البيئة.

سـجلنا أسمائنا عند المشرف وعدد الجوالات وتوزيعهم في الطواحين، وعادة ما يتم إدخال الجوالات بعد سـاعة من نزولهم، إذا كانت الطواحين خـالية، وبعد طحن الحجارة وانتاج الكرته تُؤخذ إلى مكتب المشرف ويتم إعطاء الزئبق للمجموعة صـاحبة الأحجار بالمقدار الذي يريدونه، فيُخلط بصـابون بدرة وملح من أجل تنشـيط الزئبق إلى حبّاتٍ مُتناثرة ومبَعثرة يظهر فيها لون صابون البدرة الأزرق السماوي، كجمال سِرب الطيور حين تحلق في السماء الغائم. أدخِلت جولاتنا إلى الطواحين مباشرةً لخلوءها من الحجر، إذ كانت الشركة جديدة لا تزدحم بكثير من الزبائن.

عمَّ مسائنا باختفاء النجوم الباهتة من السماء، كاد همس الرياح أن يكون مسـموعًا، لا يزال كلُّ شـيءٍ جميلًا وغامضًـا، كانت لحظات رائعة، قصدنا السوق للعَشـاء رغم أنَّه قد قُدِّم عشاءٌ تم إعداده من قِبل طباخ الشـركة، إلَّا أنَّها كانت وجبةً خفيفةً يسهُل هضمها، ثم صلَّينا العِشاء ورجعنا فاسترخينا قليلًا وسرعان ما غفت أعيُننا. كان المشـرف يتجوَّل ليلًا عند حين طلوع الحجر ليُوقِظ أصحـاب الحجر في الغرف بأسـماءهم المسـجلة عنده، ليتابعوا الحجر بعد طحنه وتحويله إلى تراب ناعِم كرمالٍ ساحِل البحر، ومن ثمَّ يوضع في صناديقَ مُرقَّمة بِعَدَد طواحين الشركة،

ثمَّ يُدخل إلى مكتب المشرف ليلًا حتى طلوع شمس لكي لا يُسرق إذ ما زال محتويًا على الذهب المخلوط بالزئبق، أو يُنقل إلى غسال الزئبق مباشرةً إن كان العمل نهارًا.

انتهى طحن حجرنا في الصباح فنقلناه إلى الغسال مباشرة وتم غسله بحضورنا لعدم ضمان الثقة؛ فبعض الغسالين محترفين في سرقة الزئبق عند غسلهم له، إذ أنَّه يُلبِّس الذهب، كنتُ لا أعي ذلك ولا أجيد شيئًا حينها ولكنني كنتُ برفقة من كان لديهم الخبرة الكافية، التجاني وعم فيصل. غُسل الزئبق واستُخرِج من التراب فتوجَّهنا به نحو مكتب المشرف لكي يُعْصَر بأقمشة ناصعة البياض مُخصَّصة لذلك، يعمل على عصره أشخاصٌ ذوي خبرة أيضًا، أو الغسال نفسه إن كنت لا تملك الخبرة وكنت واثقًا منه. قام بهذه العملية العم فيصل، أمسك الزئبق وأدخل المغناطيس بداخله من أجل التقاط الشوائب التي بداخله من حديدٍ، ثمَّ أدخل الإسفنج بعده ليُمتَصَّ الماء الذي تبقَّى مع الزئبق، ثم أمسك بالقماش بيده اليسرى والإناء الذي فيه الزئبق المحتوي على الذهب بيده اليمنى ليصبَّه في ذلك القماش، في أثناء كل هذا كنتُ مندهشًا بما أراه، يُلفلِفُ العم فيصل القماش فإذا بالزئبق ينزل بمساماته، كتناثر قطرات المطرِ الهادئة على بردٍ، وكأنَّما يهمس في آذاننا بصوت خافضٍ: «تفاءلوا! ما زالت الحياة بخير»، ويواصل في لفَّه، حتى أن شعر بأن السائل قد انتهى (الزئبق) ففتح القماش فإذا بذهبٍ بيضاوي الشكل يكسوه بريق الزئبق ذا اللون الفضَّي، فاتسعت عيناه من الدهشة، فباركنا لأنفسنا: «ما شاء الله، تبارك الله»، ثم سألتهم:

- أهكذا هو الذهب بلونه هذا؟

العم فيصل:

- لا، بقيت له الخطوة الأخيرة وهي الحرق، ويكون ذلك عند الصائغ الذي يشتري الذهب.

فأومأت برأسي والابتسامة مُشرقةٌ تُدخِل البهجة في قلب من يراها.

ركبنا بوكسي الشركة الخاص بنقل العمال إلى السوق حيث محلات الصَّاغة، إذ إنَّ كل شركة تتعامل مع صائغها الخاص، لا يبعد السوق كثيرًا عن الشركة، وصلنا إلى الصائغ الذي يعرفه الوكيل، وقد كان منشغلًا بزبائنه، إلَّا أنَّنا بصحبة الوكيل الخاص بالمنجم والذي يُدعى «محمد حامد-كاريكا»، فقال له كاريكا:

- يا صديق إنَّا نراك منهمكًا بعض الشيء ولكنَّنا على عجلٍ شديد من أمرنا، فأبدأ بنا رجاءً.

سرعان ما استجاب الصائغ وأتى بكُمشَة حرق الذهب، فولَّع الفحم على شيءٍ يدعى الكُور (لديه طارة العجلة وجلدة مربوط بها ليُنفَخ في الفحم بالهواء فيزداد اشتعاله)، فإذا به يدع الكُمشةَ فوق فحمٍ قانٍ محمرّ، فيحرقه تدريجيًا، بكل بطء وتركيز حتى لا يتوهَّج حرًا سريعًا فيتشتَّت، كنتُ مندهشًا حينها بما رأيته فإذا بالزئبق ذي اللون الفضي ينصهرُ مُظهِرًا اصفرار الذهب تدريجيًا حتى صار فاقع الاصفرار، وكان كل من في الكور كان يضع كمَّامته؛ إذ إنَّ لمصهور المعدن رائحةٌ قوية من تطايُر القليل جدًّا منه إلَّا أنَّه سامٌّ لأجهزة الإنسان الداخلية.

كلُّ هذا يحدث وأنا أحدِّقُ بكل تركيز، فكنتُ أزداد دهشةً بعد أخرى، كنتُ كمن نسي الواقع وذهب إلى كوكب آخر، كنت لا أدري ما الشمس والقمر وما الليل والنهار كنت كمن في غيبوبة! أعترف أنَّني كنتُ في أعجوبةٍ ودهشةٍ وذهولٍ وحَيْرةٍ وتعجُّب. وُزِنَ الذهب فاقع الصفار الخام الذي جُمِعَ من المنجم كله، لا أذكر

كم كان وزنه لكن قد أبهرنا، كيف لا وهو ذهب البئر الأم، ثم سرعان ما قام الصائغ بتسجيل اسمائنا أنا ومحمد موسى (استرليني) شخصين جديدين عند الصائغ بحضوري إذ لم يحضر محمد موسى، ليتم تنزيل حساباتنا وكلُّ أفراد المجموعة بمن فيهم الذين تُركوا الصحراء، فقُسِّم المال بالتساوي.

بعد أن إنتهينا من الحسابات قصدنا أحد البقالات التي هي تابعة للشركة والمنجم أيضًا، حيث أخذنا من مُؤن الطعام ما يكفي لفترة طويلة، عشرين يومًا أو تزيد، حتى حين نزلةٍ إلى البحر مرةً أخرى، كانت بحوزتنا ورقة الطلبات الخاصة بالأشخاص الذين بالصحراء، فاشترينا ما نحتاجه وما طلبوه منا، ثم عدنا إلى الشركة. عزمنا الرجوع إلى المنجم في صباح اليوم التالي، حيث العودة بالمواصلات أو بوكسي المنجم، أو بالعربة المُسطّحة التي كانت غالبًا ما ترجع أمامنا حاملةً مياه الشرب إلى المنجم، لا أذكر أيضًا بأي وسيلة نقلٍ رجعنا، ما أذكره هو أنَّني كنتُ في غاية البهجة العارمة حيث واقع كورونا يُبهر ويرهِبُ ويُرعِب ونحن في غاية الأمان والفوضى العارمة ذات الطموح العالي، وكأنَّنا لسنا على صِلةٍ بالعالم الموازي، ما اكتشفتُه مؤخرًا كان كثيرًا مما زادني حماسًا لاكتشافِ الجديد.

كنتُ سأضع بعضٍ والقوانين والنظريات على رمالٍ وذهبٍ فاقع تشتهيه القلوب؛ فتذكرتُ من أرهقونا على نطاق أكاديمي من علماء رياضياتٍ وفيزياء؛ فخفتُ الله خِشيةً أن أتعِبَ الأجيال القادمة ثم أمضيت مستغفرًا ومستعيذًا بالله من علمٍ لا ينفع.

فورًا أن رجعنا استقبلونا مجددًا بكل حرارةٍ وحماس، وهي العادة الجميلة التي يمكن أن يتعلَّمها ويكتسِبها الإنسان حينها، حيث التبريكات فيما رُزقنا من جِراماتٍ.

كنت أتسلَّى بقراءة ببعض الكتب، فهي بمثابة إدمانٍ لي كشخص يحاول أن يعيش أسطورة نفسه، كان كتاب القرآن الكريم أولهم وأفضلهم، فقد كنت أنهيت في الأيام السابقة كتاب «المُمَيَّز بالأصفر» للكاتب إتش جاكسون براون وكتاب «الأشياء الصغيرة» للكاتب علاء ديوب، وبعض الروايات الإلكترونية التي لم تكن من اهتماماتي؛ إذ أنِّي عادةً أُفضِّلُ الكتب الورقية الملموسة ذات الرائحة الجميلة الشهية الجاذبة للقراءة، فعليها أُدَوِّن ملاحظاتي بنفسي على خط يدي.

مرَّت الأيام ليلةً بعد ليلة وما كنا نعُدُّها، تتجَدَّد النزلات واللحظات بتفاصيلها وتأقلمنا على الأجواء غير المعتادة. وفي كلِّ مرةٍ كنا ننزلُ فيها البحر نأتي بخروفٍ نضبحه، حتى صاحب المنجم كان يضبح لنا تارةً.

حيث توجد الحياة تصاحبها السنة المتوازنة:

فرح، حزن..

قليل، كثير..

راحة، مشقة..

وهكذا.

أتحسبون أنَّ كل الأيام كانت وردية وعلى حُلوِها؟

كلَّا، إنَّها كنَّا نمرُّ بوهنٍ وتعبٍ في كثير من التحديات، ما يصل إلى حد السُل والشلل، حيث كانت بعضُ الأيام كالزمهرير وكأنَّها من أصل الجحيم، منهم من كان على جروح عميقة منهم من تغيَّرت أشكالهم كلِّيًا؛ من النضارة إلى الدكن (الكتم)، ومن الصحة إلى النحافة، مُتوَقَّع أن يقع فوقك البئر وأنت بداخله، مُتوقَّع أن تُضرَب أو تُجرَح بآلات العمل، حتى أنِّي أتذكَّر عندما ضربتُ

اصبعي الإبهام بالشاكوش، هكذا كانت المعاناة، لا يعرفها إلا من ذهب إلى هنالك من الذَّهابة، وما أدراك ما رحلة التنقيب..

كنا على هذه الحال حتى حلَّ بنا فصل الخريف الذي يُعتَبر أحد الفصــول الأربعة الذي ينعاد علينا كل عام، فالخريف ذو ســحر فطنٍ ينتشــي بـه كلّق من في الأرجاء، حيـث تخلع النبـاتـات والأشجار ثوبها السابق وتزدان بالأخضر اليانع الجميل.

في هذا الفصــل من الســنة يتساوى طول الليل والنهار، كما يهطل فيه المطر متصالـحًا مع أشـعة الشـمس فيأتيان سـويًا، فيه يختفي صـفاء السـماء وتتناثر بعض غيماتٍ خجولة لا تعلم بأي اتجاهٍ تذهب ولكنها تُقرّر البقاء على حالها متناثرةً هنا وهناك وتغطي مسـاحاتٍ واسـعة من صـفحة السـماء، وفي كثيرٍ من الأحيان تكون السماء غائمة تُهدِّد بهطول الأمطار، كما تبدأ الرياح اللطيفة تهُبُّ في الأنحاء ولكنها لا تخلو من حرارة الصــيف، إلَّا أنَّ هذا الفصل يكسو الأرض بغطاء جميلٍ وخيراتٍ.

رغم جمال الخريف وصفاته الرائعة إلَّا أنَّ للصــحراء حالٌ آخر، إذ تختلف فيها الأمور كثيرًا؛ لا يحلُّ فيها الخريف إلَّا وهو فاقدٌ جمالَه ونضارته، فلا أشـجار يُلجَأ إليها ولا نباتٌ ولا سنابلُ تنُبُتُ في الأرجاء، فعلى نسائمه تتجمَّع وتشتدُّ الأتربة حتى نكاد لا نرى شـيئًا، وتُقتلعُ النَّايات من أصـولها بعد أن كانت قد صُمِّمَت بإحكام بعيدًا عن توقُّع الخريف وطبيعته الهائجة، فكان لنا الخريفُ المُعنـاةَ الأكبر، حيـثُ انهارت بعض الآبار التي هي من رملٍ وتراب، إذ دُفِنت بفعل الأمطار، مما أدى لترك العمل.

إنَّ أهل الصــحراء غير معتادين على هطول الأمطار، وإن حدثت لا تزيد عن كونها رذاذًا خفيفًا، إلَّا أنَّ هذه الســنة كانت مختلفة، فالأضـرار من عدم جاهزيَّتهم كانت كثيرة ولحقت بمدينة أبي حمد أيضًا.

***

أحببتُ أن أذكر هنا بعض الشخصيات الذين عشت معهم أيامًا ذهبية في رحلةٍ ذهبيةٍ في منجم الذهب، أيام كانت في منتهى الجمال والبهجة والسرور، والنقاء والصفاء، والإخاء والصُّحبة. سـأظل أحبهم دومًا ولن يفارقوا ذهني، لهم كلُّ الحب والتقدير والاحترام وهم:

- محمد عائد (صديقي من قبل وهو ابن صاحب المنجم).

- عم فيصل (حضرة صول).

- يوسف (تيشا).

- شريف عبد الله (الجوكر).

- موسى محمد زايد (بانكوك).

- التجاني (الدعم السريع).

- منتصر جمال (القيصر).

- عثمان (ود نوبة).

- بشير جودة (مِكمِك).

- عامر جودة.

- حمد الله (سامُولا).

- عثمان النور (سُنُّوك).

- حافظ إبراهيم.

- عم كاريكا (الوكيل).

- يوسف عبد المنعم.

- محمد ابراهيم (سُرمي – توقاس).

هنا انتهت رحلتي معهم، إلَّا أنِّي أدركت أنَّ الله كان قد أرسلني إليهم من أجل أن أنتفع بالكثير منهم، وكي أعي حقيقة الحياة علي تجارب تفوح منها معانٍ عذبة، تعلَّمت الكثير من الإيجابيات، إلَّا أنِّي كنتُ غير منفتحٍ كثيرًا على الآخرين، ولا أثق بـالغير إلَّا نادرًا.

الفصل الخامس| عَودتانِ على أثرِ بعض

كانت رحلتنا بعد عيد الفطر مباشرةً، فإذا بعيد الأضحى المبارك كان قد دنا ولم أنتبه، إذ كانت الأيام تمرُّ كمرِّ السـحابِ، فعدنا إلى المدينة استعدادًا له، وهنا بغتةً تقَصّى رفيقي وصاحبي استرليني الرجوع إلى العاصـمة الخرطوم من أجل العيد وأنَّه يتطلَّع للسـفر إلى دولة المصـر الشـقيقة والتقدم نحو الدول الأوروبية، كان وجودنا معًا يعني لي الكثير، فكنا لبعضٍ السـند والظهر، لم أتفوَّه بشيء سوى أنَّني تمنَّيتُ له كل التوفيق والنجاح بخالص حبي وصـافي نيتي له، ولم أكن حينها أفكر بـالرجوع لأنَّني سبق وقد فَررتُ من ذلك الواقع ذي الروتين المُعتاد وأجواء العربات والمباني الضـخمة التي اعتدناها وأجواء الجامعات، إذ كنت سـعيدًا للغاية مع حاشِـيتي الجديدة، فأضـاف: «استمتع بوقتك»، وقال أنَّه سيبقى على اتصال بنا.

ثم أوصلته إلى المحطة وركب عائدًا إلى الخرطوم، بينما كنتُ على تواصلٍ دائم بأهلي في الخرطوم، كنت أخبرهم بسعادتي وما كنت أكتشفه من جديدٍ.

عيَّدنا عيد الأضـحى المبارك وكان كمن مع أسـرته الحقيقية حيث الصَّفحُ والتسـامح ولبسنا من الجلابيب الناصعة البياض، وذبحنا الأضـحيات، قضـينا ما يقارب الأسبوع ثم رجعنا إلى المنجم حيث المواظبـة في العمل، والأُلفَة والمَودة، وبقيتُ على حالي وكان استرليني يتَّصـل بي بين الحين والآخر ويخبرني عن أحواله، وأخبرني بأنَّه أخيرًا قد حدَّد موعد هِجرته إلى مصـر، ففرحت بذلك وتمنَّيت له الكثير من التوفيق.

مرَّ الكثير من الوقت، ما يُقارب العام في طيات صحراء الشمالية، تفاصيلُ كثيرةٌ تَقِفُ لغة الضاد عاجزةً عن وصفها بدقةٍ، تجلَّت فيها الكثير، كانت رحلة هروب من عدم وجود حلٍّ للعيش إلى وجود حلولٍ وحِكم وقوانين أدركتها مؤخرًا للعيش. ثم حان دوري على قرارٍ فطِن، عزمت العودة إلى العاصمة الخرطوم، حينها وباء الكورونا كان قد تضاءل، فانبجس أهل البلاد من احتجازهم وعادوا لخوض حياتهم اليومية الطبيعة سعيًا للقمة عيشٍ تسدُّ مخمصةً، ليس كلُّهم ربما جُلُّهم. أقيم حفل التخريج الخاص بدفعتي بعد تدنِّي حالات الفيروس المستجد، كنتُ معهم في قائمة الخريجين لكنِّي ما كنتُ قد رجعتُ حينها.

نزلنا البحر، أكملتُ العمل على آخر عملية تعدين مع الشركة، إذ عزمتُ الرحيل من حيث جئتُ، وحيث يوجد ذهاب يكُن هنالك عودةٌ يومًا ما، حزِن الجميع على فراقي وكنتُ أحزنُهم فراقًا كيف لا وقد كانت بيننا عُشرةُ أيامٍ غانيةٍ مَليحة؟ كيف لا؟ أليس المحب لمن يُحبُّهم يحزن على فراقِهم ويدمعُ؟

فتركتهم على حالهم، يكدحون من أجل أحلامهم البسيطة.

كان برفقتي صديقي منتصر القيصر، ركبنا أحد بكاسي هايلوكس (فور إكس فور) الخاصة بالإرسالية (الإرسالية هم أناسٌ ينقلون ذهب ونقود الصَّاغة لمقر الشركات والصَّاغة من الشمالية إلى العاصمة الخرطوم)، كان انطلاقنا في ظلامٍ دامس ونحن نفارق الأُلفة، لكنَّني كنتُ سعيدًا نوعًا ما ومتشوِّقٌ جدًا، ثَمَّ أمرًا ما كان يثير جنوني، ألا وهي رياضة الجيم، الأمر الذي كان يشغل بالي دومًا ويخبرني إحساسي ويؤنب ضميري إذ كانت تنقصني، مرَّ ما يقارب العام وكنتُ على انقطاعٍ تامٍ عن الرياضة، كمولٍ تسوُّقٍ مُغلقٍ على عملائه، كنتُ منغلقًا على باطني وسط الأفكار والإبداع والابتكار، كمن كان مُكبَّلًا في سجنه فبزغت

شـــمسُ حرِّيَّته بعد أيامٍ غائمةٍ، وفي بعضـها على لســـان حال الشاعر:

وامشِ على ضوءِ الصَّباح، فإن خَبا

فامشِ على ضَوءِ الهلالِ السَّاري

عِش في الخلاءِ تَعِش خلِيًّا هانئًا

كالطَّيرِ حرًّا، كالغديرِ الجَاري

إيليا أبو ماضي.

كانت مشـــاعري ممزوجةً غير منحازةٍ لجانبٍ واحد، العربة تسيرُ في طريقها بسرعةٍ عالية جدًا، إلَّا أنَّ الليل قد حلَّ وما بَلغنا غايتنا بعد، واصـــلنا طول الليل وقد خلا من لذَّةِ النوم، حتى بزغ الفجر فصـــلينا ثم واصـــلنا، وصـــلنا إلى العاصـــمة الخرطوم نحو الساعة الثامنة صباحًا، على بصـيصٍ أشـعة الشمس، حيث الفرح والحماسة، كيف لا وقد عدتُ إلى الديار!

ركبتُ الحافلة التي كانت تتجه إلى الحاج يوسف مع الرفيق منتصر (القيصر)، افترقنا حين وصل محطَّته ووَدَّعته، ثمَّ وصلتُ محطتي أيضًا وركبتُ حافلة خطٍّ آخر أوصلتني إلى البيت، قرعتُ الباب بصوتٍ عالٍ، فأسرعت نحوي قطعةُ سكرٍ تحلو الحياة بوجودِها، أختي مودة، ذات السبعة أعوام، فتحت وصاحت: «مصطفى مصطفى!».

كانت عودتي حينها مفاجأةً لأهل البيت؛ لأنَّني مـا كنتُ قد أخبرتهم ســـابقًا عن مجيئي ولا هم كانوا على عِلمٍ بأي وسيلةٍ أخرى. لا أذكر في أيِّ يوم من أيام الأسبوع لكنَّه كان الرابع والعشـرين من شـهر رمضـان، قضـينا اليوم فرحين مبسوطين، وعند غروبه تلقَّيتُ اتصـــالًا من أحد زملائي بالجامعة كان ينبِّئني

بأنَّ الغد الخامس والعشرين سيُقام إفطار الدفعة الرابعة عشـر هندسـة الإلكترونيات، فاستجبتُ قائلًا: «إنَّه لأمرٌ عظيم! سأكون معكم بإذن الله»، لم يكن يعلم بأنَّني كنتُ في سـفرٍ وقد وصلت اليوم، ولم أكن قد زرت أهلي من الأقارب حتى، لكنَّني كنتُ سـعيدًا بأنني قد حضرتُ في زمنٍ مناسـب، ثم اتصلت برفيقي منتصـر كي يصاحبني إذ احتسبه ضيفي، ثم مضـى ما بقيَ من اليوم بتفاصـيله الجميلة والعذبة مع أهلي أحبَّتي في إحدى ليالي رمضـان الجميلة. أتى عصـر اليوم الخامس والعشـرين ولبَّى صديقي دعوتي، فالتقينا وذهبنا معًا إلى السـاحةِ الخضراء (سـاحة الحرية الآن) في الخرطوم شارع المطار بالقرب من عفراء مول، كنت متحمِّسًا إذ سـألتقي بدفعتي بعد فترةٍ من الفراق قاربت العام.

وصلـنا السَّاحةَ البديعة والمسـتحْوذةِ على الانتباه، راقني الأمر جدًّا، حيثُ كنَّا على كَوْكَبةٍ بعد شَتاتنا، جالسين قرب نافورةِ السـاحة، وعلى لسان حال المشتاق، فإذا بوُجُوهٍ على طَلْعَاتٍ جميلة كانت تلوح لي بابتهاج عارمٍ كشـعور أمٍّ حين تسـتقْبِل مولوِدها البِكرِ الذي لطالما أقبلُ بعد صـراعاتٍ من الأماني وطول الزمان وانتظارٍ حـاد، كزقزقة طائر الكناري حين اللحن على نداءاتٍ، والابتسـامات العذبة التي كنتُ أراها حين اقترابي نحوهم؛ وما إن وصلـنا ألقيتُ عليهم التحيَّةَ (صُـلحٌ وأمان)، تحيَّة الإسلامِ الجميلةِ التي تُحي القلوب بعد موتها والتي تُدخِل السـلام والإطمئنانَ في قلوبِ الناس.

ورجَوْتُ أن أَحيا بِرَدِّ تَحيَّة

فَحَيِيتُ من أجفانِها بحُتوفِ

الشاعر: السري الرفاء.

فإذا بالكل واقفٌ مُبتسـمٌ، عانَقْنا بعضـنا البعض بكل صدقٍ وحرارةٍ، ثمَّ حان وقت الإفطار، فحلَّقنا حول الموائد وجلسنا

لنفطر، ولم يحضــر من الدفعة إلا قليلٌ منهم، لكننا كنا نمثل الكل، ثم صلينا المغرب وعرَّفتهم عن ضَيفي منتصر جمال (القيصر) وأنَّنا كنَّا على سـفرٍ وقد عدنا بالأمس، وإنَّه لشــرفٌ عظيم، وقد صدق القائل: «إنَّ معرفة الرجال كنز!».

«وما أجمـل لقـاء الأحبـة فهو يبثُّ الأُنس ويطرد الأحزان والعِلَل ويريح النفوس المُتعَبة، فلحظاته مشرقة ونسائمه وهواؤه منعشة، وأصوات الأحبة فيه كزقزقة العصافير على الأفنان.

لقاءٌ نسـيمُه الشـوقُ وعبيرُهُ الإخلاص، ينبع من بسـاتين الحب في ربيع العمر، في أرض القلوب لحظةَ اللقاء».

كانت أمسيةً ممتعةً ورائعة مصحوبة بمشـاعر صـادقةٍ وروح رياضية، حيث الكثيرُ من الحديث والحوارات الفكرية، كنا نذكُر بعض مواقفنا الطريفة التي حدثت لنا في أيام الجامعة تلطيفًا للجو ولأجل المرح، بعضُ الشـخصـيات الذين أذكرهم في تلك اللمَّة:

- باشمهندس موسى بابكر.

- باشمهندس عبد العزيز عثمان.

- باشمهندس يوسف (القيم).

- باشمهندس مريج (دِيامي).

- باشمهندس عبد الماجد.

- باشمهندس مصعب إسماعيل (النجيري).

- باشمهندس نجم الدين.

لا أتذكَّرُ كافَّتهم لكن هؤلاء هم جُلَّهم، كنا سعيدين جدًا، إذ كانت بمثابة إعادة شـحن جوالٍ بعد إنطفاءٍ، فكان الباشــمهندس عبد

العزيز آل عيساوي (أحد الأصدقاء المقربين جدًا منذ أيام الجامعة، أسمرُ اللونِ، قصيرُ القامةِ، رياضيٌّ محترفٌ في كرة القدم، رشيقُ الجسمِ) كان يتفوَّهُ بنكاتٍ على حسابي، إذ كنتُ بصحَّةٍ جيدةٍ وذا عضــلاتٍ مفتولة ثمَّ فقدتُ ذلك وصرتُ نحيفًا إثر عودتي من الصــحراء، إذ لم أكن أتمرَّن حينها ففقدتُ الكثير من وزني، من خمسةٍ وستِّين كيلو جرامٍ إلى أربعةٍ وخمسين. فسخر ضاحكًا وأثار ضــحكات الحضــور، بينما كنتُ أنا أكثر تهذيبًا وهدوءًا ومتفائلًا معهم في الآن نفسـه، ثمَّ سـرعان ما نادى المنادي: الله أكبر! الله أكبر!

كان بالساحةِ مسجدٌ فتوجَّهنا نحوه، صلَّينا العِشاء ثم التراويح ثمَّ عدتُ وضيفي مباشرةً وتركنا القليل منهم، إذ سرعان ما انتهى اليوم.

مرَّت ما بقِيَت من أيامٍ من الشهر الكريم وكنَّا على أعتاب عيد الفطر المبارك. إلى أنْ حلَّ عيدنا وما فيه من طقوسٍ على متن سـفينةٍ تبحر إلى الله؛ يعتليها جميع المسـلمون فرحًا ومرحًا، تُحرِّكها رياح السلام والمحبة وما يحفظُ توازنها الغفرانُ والتسامحُ اللا مشــروطين، وتنطلق التكبيرات في الأفقِ عالية: «االله أكبر، الله أكبر، الله أكبر، لا إله إلا الله.. الله أكبر، الله أكبر، ولله الحمد».

وقد زرتُ كلَّ أقربائي بشـــتى الأماكن رغم بقايا كورونا وما كان يتطلّبُه من حذرٍ.

مضــى شـهر شـعبان ورجعت إلى أم درمان حيثُ والدي، فإذا به يُخبرني بأنَّه يرغب بالسفر إلى القضارف ويسألني معروفًا بأنْ أسُــدَّ له مكان عمله إلى حين عودته، علمًا بأنه كان قد بحث عن شـخصٍ آخر ولم يعثر على أحدٍ سـواي، وحينها كنتُ أريد القيام بإنشــاء وتنفيذ مشـروعي الحديث في أرض الواقع، لكنَّ عمله قيَّدني فما كنتُ أملكُ وقتًا كافيًا سوى ساعةٍ ونصفٍ أقضِيها في

تمارين الجيم؛ لأُعيد ما فقدتُ من وزني. رافقني وسـاعدني في العمل صـــديقي وابنُ خالي الذي يُدعى حمزة يحيى أحمد (لقبه ناقِشـا، وأحيانًا ندعوه الحبشـي مزاحًا إذ أنَّه ذو ملاح تشـبههم، يمتاز بالبشـرة الفاتحة المائلة إلى الإحمرار، وبالعيون الكبيرة أو الواسـعة إن صحَّ التعبير، عيناه مصـبغتان باللون البني الفاتح)، عدَّت أيامٌ وليالٍ حتى صارت شهرين أو يزيد، ثم عاد الوالد وتسلَّم عمله؛ فأمكنني حينها القيام بأعمالي الخاصـــة، وكنتُ حينها قد وُفِّقتُ باستعادة وزني قليلًا، فزدتُ خمسة كيلو جرامات.

الفصل السادس| الخذلان غير المتوقع

كنتُ آنذاك قد أجريتُ دراسة جدوى بشأن مشروعي وبحثتُ في أرض الواقع سائلًا ومستفسرًا في كثيرٍ من الشركات والمواقع الإلكترونية، إذ أنَّ مقدار المبلغ الإبتدائي الذي كان يجب أن يُنفق عليه كثيرًا جدًا فاقت ما عُدتُ به من رحلة الهروب تلك، لا بدَّ من شـركةٍ لتبنِّيه، فلم يكن لدي المقدار الوافر من المال ليكفي حينها للقيام بإنشائه، وما كان لي غير التراجع والانتظار كثيرًا؛ فقصدتُ أشخاصًا تجمعني بهم صِلـة قرابة وآخرون من معارفي، متوجهًا إليهم من أجل أن يقرضني أحدهم مالًا إلى حين إنشــاء ونجاح مشروعي والعمل ثم أرجعه إليه، لكن للأسف الشديد لم أجد حينها من يقف معي ويدعمني، فيحدث تارةً أن تستثني أناسًا من بين الخلائق لتحاربوا الظروف معًا، ثمَّ تراهم يتولَّون عنك! فالبقاء للأخلصِ الأقوى.

كان المبلغ تافهًا جدًا مقارنةً بعددهم، ثم حدَّدتُ قائمة أشخاصٍ أخرى من معارفَ وأصحابٍ على بُعدٍ فكانت النتيجة كما سبقت، إذ كانت معظم الإجابات على شاكلة: «تمهَّل واعطِني شطرًا من الوقت»، لكن هَيهَات هَيهَات انتظارٌ بلا فائدة!

حينما يخسر الإنسان توقّعاته في الشّخص الذي أراده حقًا، لا أحد يستطيع أن يعيد إليه طمأنينته نحو أيِّ شيء!

كنتُ قد مكثتُ على هذه الحال، ستةُ أشهرٍ في عزلةٍ تامةٍ ومنهكٌ فكريًا، كان ذلك الخذلان الأعظم، كنتُ قد حزنتُ جدًا، وبفضل الله كان علي أن أتقبل وأسامح كأنَّ شــيئًا لم يحل بي

وأمضي قُدُمًا، أحيانًا تكون مضطرًّا على مسامحة الآخرين؛ ليس احترامًا لهم ولكن احترامًا لنفسك وبحثًا عن راحة بالك.

استيقظتُ في صبيحة أحد الأيام متأوِّهًا؛ خطرت في بالي فكرةُ الخوض في رحلةٍ أخرى، لكن هذه المرة كانت الرحلة تختلف عن سابقتِها من حيث المسار والمكان، أليست أراضي الله واسعة؟

فقرَّرتُ الرحلةَ إلى دولة مصــر العربية الشقيقة، إذ أدركتُ مؤخَّرًا أنَّه عليَّ أن أتعايش مُستقبلًا مع فكرة أنَّني قابلٌ للتركِ وقابلٌ للنسيان حتى وإن ظننتُ أنَّني كنزٌ ثمينٌ لدى أحدهم.

كان ذلك آخر قرارٍ أستقرُّ عليه، كنتُ لا أملك جوازًا للسفر، علمًا بأنَّني قد ذهبتُ ذات مرةٍ من أجل إجراءاته لكن كان مَجْمَع الجوازات ممتلئًا ومزدحمًا بكثيرٍ من المواطنين الذين يُطالبون بأوراقِهم الثبوتيَّة، فلم أطق ذلك وولَّيتُ متفاديًا الزحام، لكن في هذه المرة كنتُ مُرغَمًا، فذهبتُ إلى مَجْمَع الجوازات بالخرطوم بحري وكان الاكتظاظُ حينها لا يختلفُ عن سـابقه، لكنَّني كنتُ متوكِّلًا وسلَّمتُ أمري لله، كان ذلك في السادس من أكتوبر بالعام 2021 فشاء الله وقدَّمتُ أوراقي وانتهيت من إجراءاتي ثم منحوني استمارة الاستلام موضَّحٌ عليها تاريخ الاستلام، بعد خمسةٍ وأربعين يومًا، كانت تلك المُهلة تبدو لي طويلةً للغاية، لكنني لم أستطع أن أصنع شيئًا سوى الانتظار. كنتُ حينها مع والدي في أم درمان بأمبدَّة الرابعة فرجعتُ إلى الخرطوم الحاج يوسف إلى والدتي معتزلًا العمل أيًّا كان لأجل قضـاء تلك الأيام المُوَثَّقة في ورقةٍ على إيصـال، كانت الأيام تمرُّ وأنتظر انقضاءها بفارغ الصبر، كفؤادِ أمِّ موسى الذي أصبح فارغًا من كل شيء إلَّا من ذكر ابنها موسى؛ لولا أن ثبَّتها الله فصبرت ولم تُبدِ به، لتكون من المؤمنين بوعد الله والموقنين به، كما جاء في قول الله عز وجل:

﴿ وَأَصْبَحَ فُؤَادُ أُمِّ مُوسَىٰ فَارِغًا ۖ إِن كَادَتْ لَتُبْدِي بِهِ لَوْلَا أَن رَّبَطْنَا عَلَىٰ قَلْبِهَا لِتَكُونَ مِنَ الْمُؤْمِنِينَ﴾.

[القصص: 10].

كان قلبي خاليًا من كلِّ ما سـوى الهجرة، لولا أن ربطني الله بالعصمة والصبر والتثبيت.

في حياة كلِّ إنسانٍ لحظةٌ غريبةٌ لا يعرف كيف يفسِّرها، ولا يُدرك سـرَّها أبدًا، لكنَّها كافيةٌ بأن تصنـع كلَّ شـيءٍ في حياته القادمة لا محالة، فما عليك غير أن تكون مستعدًّا للتسليم والقبول.

كنتُ حينها لا أسـتطيع تحقيق أي شـيءٍ من امتهانِ حِرفةٍ أو عملٍ يجني لي المال سـوى التفكير في مشـروعي الخاص بي، كنتُ أتألَّمُ كثيرًا حتى أُصِبتُ ببعض البُرود القاسـي، فكنتُ أرى كلَّ الأيام متشابهةً، ولكن هل يبدو أنَّني صرتُ لا أدركُ النِّعَم ومن المُنعم؟!.. كيف لي ذلك؟.. ما دامت الأنفاس في شـهيق وزفير، والشـمس تسطع كلَّ صبـاحٍ، واستمرار عافيةٍ وصِحَّةٍ ووجود الأحبة في سلام ومحبة.

أمسـيةً بعد أمسية، فسـريعًا ما أتى اليوم الخامسُ والأربعون فانطلقتُ فورًا بلا تباطُؤ إلى المَجْمَع فقيل لي أنَّه لم يُحضَّـر، لقد كان مُعلَّقًا في النظام لتبرير ما، فأعادوا لي نفس الإيصال مكتوبٌ عليه توضيحٌ بكلمة Sent (أُرسِل)، فتوجَّهتُ إلى نافذةٍ أخرى من أجل إجراء تسـجيل جديد للإرسـال، فقيل لي: «عُد بعد أسبوع للاستلام».

يا إلهي!.. سأنتظر أسبوعًا كاملًا مرة أخرى! تأوَّهت في سرِّي متحسِّـرًا. انتظرتُ يوم الإثنين من الأسـبوع التالي وعُدتُ مرَّةً أخرى، فانتظرتُ لسـاعاتٍ من أجل الفحص والتأكُّد ما إن صـار الجواز جاهزًا أم لا، فإذا بالاجراءات كانت قد انتهت واسـتلمته

أخيرًا. فرِحتُ فرحًا لا تسعه الأرض، وكانت قد بقِيَت لي الخطوة الأخيرة وهي استخراج التأشيرة، فتوجَّهتُ إلى الخرطوم العربي في اليوم نفسه، إلى قُنصِلية مصر العربية التي بجوار مول الواحة على الجهة الجنوبية، وصلتُ واستفسرتُ فكان الوقت متأخرًا لإجراءٍ حكوميٍّ جديد، كانت تُقارب الحادية عشـرة صبـاحًا، فأُرشِـدتُ بأن آتِيَ مُبكرًا في صباح اليوم التالي، فرجعت وطبقتُ ما قيل لي، فشـاء الله وعدّتُ في اليوم التالي (الثلاث من أيام الأسبوع)، كنتُ واقفًا من أوائل الصف، فملأتُ استمارةً وسجلتُ اسـمي عند أحد الموظَّفين فقال لي أن آتِيَ بعد ثلاثةِ أيامٍ من أجل المتابعة، فسـرعان ما مرَّت عشـرة أيامٍ لتمامِ الاجراءات كلِّها ثم استلمتُ التأشيرة، ولم يكُن قد بقِيَ شـيءٌ حينها انتظره، كنتُ في عجلةٍ من أمري، شخصٌ أمامه تحدِّي مشروعٍ كبيرٍ من أجل بناء مسـتقبله، فودَّعتُ أهلي بمكالماتٍ هاتفية، وفي اليوم التالي قطعتُ تذكرة سـفرٍ من أحد مكاتب الكلاكلة أبو آدم، وأجريتُ فحص الكورونا، وكان ذلك بتاريخ 12 ديسمبر 2021.

كنت قد اتَّصـلتُ بكلٍّ من أمي ليلى، وخالتي كوثر(مملكة السَّـمار)، وجدَّتي حبوبة كِنَّة، وأخوالي المدير نور الدين والشيخ محمد (مطر)، وخالاتي -زوجاتهم- الخالة بسـمة (التي كسـتها السُّمرة وكأنَّها قهوةٌ لاتينيةٌ ذات العيون السوداء المُتلألِئة) والخالة نفيسة (ذات اللون الأحمر وكأنَّها اللهب حين يشتعل، حالكة سواد العينين)، وأختي حنان المشـاغبة التي دومًا على عجلةٍ من أمرها وتجبرني على المحادثات بينما أنا رجلٌ مُعتادٌ على الصمت وتبدو لي الثرثرة جريمةً مُرتكَبَة. أخبرتهم بأنَّني مسافرٌ في اليوم نفسـه في منتصـفِ الليل، لم أنبِّئ سـوى أهل بيتي القريبين للغاية. جنَّ الليل وصلَّيتُ العشاء، رتَّبتُ أمتِعتي حينها على عزمٍ بسفري ثم خرجتُ وكان برفقتي صديقي محمد أبو شـمه (أسـمر اللون ذو لحيةٍ سـوداء كثيفة، عمرُه يُقارب الثلاثين، رفيق الثانوية، يتحدَّثُ

الإنجليزيةِ جيدًا، يدرس في جامعة القرآن الكريم؛ شــارف على نهاية سنينه الجامعيَّة) ساعدني بحمل إحدى حقائبي، حتى ركبتُ وعاد هو، أكثر ما اســتطعتُ أن أمدحه به هو أن قلتُ له: «إنَّك صديقي حقًّا».

كنت في «سوق قندهار»، إذ أنَّه يُعَدُّ نقطة التقاء الباصَّات من حيث الشحن والانطلاق إلى مكاتب سفريات النقل البرِّي، سوق قندهار الذي يبعد عن مدينة أم درمان السـودانية ما يقارب العشــرين كيلو مترًا غربًا، هو ســوقٌ من طرازٍ خاص، وقِبلةٌ للأسـر والأجانب، فما أن يُذكَر اســمه حتى تتبادر إلى الأذهان أطباق الشــواء الطازجة وهي داخلة البطون الجائعة بعد رحلة مُعاناة داخل صاجات الشواء داكنة السواد، إلَّا أنَّ المثير في أمره أنَّ للنساء سيطرةٌ مهيمنةٌ.

تكمن كارثتي كلُّها في الإفراط، الإفراط في الأمل في الغير، في الحُب، في التوقعات عنهم، في الانتظار حين العهود، في كل شــيء.. فكنت حينها قد تعلَّمتُ ثقافة التخلّص، التخلّص من كلِّ شــيء لا معنى له، أو كلِّ ما يُعَدُّ من زوائد تُثقِلُني: أصـدقاءُ مزيَّفين، مشــاعرُ مؤذية، أشـخاصٌ يتساوى وجودهم وغيابهم. ففعلت ذلك حقًّا ووجدتُ بعدها مسـاحةً كبيرةً بحياتي، وأشخاصًا رائعين يشبهونني وعلى إيجابية عالية، وجدتُ الكثير بمجرد وصولي إلى ذلك القرار.

وصـلتُ واستأجرت سـريرًا لي في باحةٍ لأجلِ أن أسترخِيَ قليلًا، لم يكن الأمر ضروريًّا، إلَّا أنَّني كنت أرقّه عن نفسي قليلًا لأجد فرصةً للتفكير في هدوء، لم يغشاني النوم ليلتها، كنت أفكر عن الذين أربكوا النبض بداخلني يومًا حتى ظنُّوا أنَّني لن أستفيق من خُمرة الشـعور يومًا، سـبحان من جعلكم صـفحاتٍ مطوياتٍ على رفوفٍ ركِيكة!

والسـلام عليكم، لقد حرّكتني رياح المسـامحةِ والغفران وحلَّقت عبر فضاء السماء بكل قناعةٍ وتقبُّل.

الفصل السابع| إدراكٌ متأخر: عدم الاعتماد على أحد

دقَّت ساعةُ القيام في تمام الثالثةِ صباحًا، فانطلقنا عندئذٍ بعد أن تمَّت مراجعة أوارق الفحص، فتحرَّك البص قبل بزوغ الفجر بساعةٍ واحدة، فدخلنا الصحراءَ مع أوانِ صلاة الفجر، توقَّفنا على جانب الطريقِ لأداء الصـــلاة، حيث كانت «راكوبةٌ» واحدةٌ منصوبةً وفيها قدرٌ من المياه وبعض الوضَّايات لعابري الطريق، فما أن صلينا الصبح في جماعةٍ حتى واصلنا تحرُّكَنا، كان مقعدي هو الآخير في البصِّ الســياحي وكان الكل قد عاد نائمًا بعد الصلاة، باستثنائي إذ كنتُ مستيقظًا، فعدمُ النومِ بعد صلاة الفجر عادةٌ وقانونٌ محسُومٌ لدي، كان لي وِردٌ فقرأته بتوفيق الله.

كانت الرحلةُ مصـــحوبةً بشـــيءٍ من الحزن، حيث الخذلان والفراق والبعد الكلي، فكنتُ لا أدري متى الرجوع، ولولا أنِّي كنتُ مُرغمًا ومن أجلِ مشـــروعي ما كنتُ قد غادرتُ البلاد رغم الظروف والفوضــى العارمـة التي عمَّت أرجاءها مؤخرًا، ما تمنَّيت يومًا أن أبتعد عن عائلتي إلى قُطرٍ آخر؛ فكنتُ أراقب الأوان بصمتٍ وهو يمضي. كنتُ بجوار نافذة البص حيث مشهد الصـــحراء كما كان في رحلتي الأولى فكان مألوفًا بالنســبة لي، كنتُ فقط مُنهگًا ببعض الأفكار التي كانت تدور في دماغي، سائلًا ذاتي متى نصـــل؟ متى أرجع؟ وكيف أحمل أمتعة مشـــروعي حين الرجوع ما إن وُفِّقت؟

ســرعان ما وصـــلنا نهاية الحدود الســودانية حيث الخروج والـدخول في الحـدود المصـــرية، فتمَّ إجراء بعض الإجراءات القانونية من حيث الخروج على جواز الســـفر والخدمة الوطنية وغيرها، ثمَّ استبدلنا النقود السودانية بأخرى مصرية، ثمَّ صلينا

صلاة الظهر وواصلنا الرحلة فدخلنا حدود دولة مصر العربية، توقفنا لمزيدٍ من الاجراءات التي أخذت وقتًا حتى العِشاء فصلَّينا واتجهنا نحو أسوان »مدينة أسوان هي عاصمة محافظة أسوان في مصر، اعتُبرت أسوان تاريخيًا إحدى أهم مدن جنوب مصر والبوابة الجنوبية لها، تقع المدينة على الضفة الشرقية لنهر النيل، حيث إلى الجنوب منها الشلال الأول لنهر النيل والذي مَثَّل حدًا طبيعيًا بين صعيد مصر والنوبة، يصلها بالقاهرة خط سكة حديد وطرق برية صحراوية وزراعية ومراكب نيلية ورحلات جوية محلية، ويبلغ عدد سكانها تقريبا 900 ألف نسمة، وهي واحدة من المدن المبدعة المسجلة في قائمة اليونسكو في مجال الحرف والفنون منذ 2005م«.

وصل بنا البص إلى أسوان في تمام الساعةِ الحادية عشر مساءً، ومن ثمَّ تمَّ تبديل باصات النقل السودانية بأخرى مصرية؛ ليواصل أهل المصر بالباصَّات السودانية حين دخولهم إلى السودان ونحن كذلك واصلنا بالباصَّات المصرية متَّجهين نحو القاهرة، كانت الساعة الثانية عشرة مساءً، كان الظلام دامسًا على تفلَّتٍ من أضواء أسوان ذهبيَّة اللون إلَّا بعضَها، لقد أثارت إعجابي كثيرًا؛ وسرعان ما غفى الكل وأنا أيضًا.

مضى الوقت وطلع الفجر، فأصبحنا وأصبح الملك لله وحده لا شريك له، توقَّفنا في محطةٍ من أجل أداء الصلاة والاستراحة، في نحو السادسة صباحًا، فصلَّينا واحتسى كلُّ من الركاب ما يريد من الشاي أو القهوة حسب روتينه اليومي، ثم واصلنا الرحلة إلى القاهرة، حينما قاربنا وجهتنا شاهدتُ مناظرَ بديعة بهيَّة من أثارٍ وتماثيلَ ما كنتُ قد رأيتها في الواقع قط، إلَّا على وسائل الإعلام والميديا. توقَّفنا مرَّةً أخرى عند كافتيريا من أجل تناول الإفطار، وكان ذلك في تمام الحادية عشرة صباحًا، فنزل الجميع وأنا أيضًا

وقد اكتفيت بكيس شبشٍ وقارورة ماءٍ فقط، وواصلنا، وما هي إلَّا ساعاتٍ حتى دخلنا القاهرة في تمام الثانية ظُهرًا، بِتُّ أنظر بِكلِّ أعجوبة للمناظر الطبيعية الخلَّابة في ضواحي المدينة، بعثت فيضًا من النور بداخلي بعد أن سلَّمت أمري لله ﷺ، وكأنَّما أشرقت لي الأرض بنور ربِّها، كأنَّما كنتُ على ولادةٍ جديدة؛ وكنتُ أنا الوالد والمولود في تلك الآونة. مررنا على بيوتٍ وعماراتٍ شامخة جنبًا إلى جنب ذات تصميماتٍ مدهشة وتفرّقها طرقاتٌ ضيقة المساحات، والشارع العام وما يُلبس من لباسٍ؛ ذلك لم يكن كما اعتدناه في بلادنا، حيثُ معظم البيوت أرضية (شعبية)، أي ليست جُلَّها عماراتٍ وذات أسطح، والطرقات ذات مساحاتٍ شاسعة، وإناثٌ يَكْتَسِينَ الجلباب الفضفاض على استحياءٍ.

توقَّف البص وانتهت رحلة السفر عند الرابعة مساءً في شارع «البساتين»، كنتُ على اتفاقٍ سابقٍ بخالي شقيق والدتي «يُوسف أحمد» لقبه (كرلاك) (هو شبيهي في الملامح حتَّى أنَّ بعض الأهل يُخطئ التمييز بيننا، هو شابٌ ثلاثيني، يقيم في مصر ما يُقارب العشرة أعوام بصُحبة أولاده سامح وليلى وزوجته عواطف حامد، وهي ثلاثينية العمر أيضًا وكانت تعمل معلِّمة حينما كانت في السودان).

أوْقَفْتُ أقرب صاحب تاكسي أُجرة وأعطيته رقم خالي ليصف له المكان، إذ لم أكن أملك رقم شريحةٍ مصرية ولم أحمل معيَ أرقامي السودانية أيضًا، وأيضًا لأنَّني لم أكُ أعلمُ الأماكن، فاتَّصل بخالي لكنَّه لم يرد عليه؛ ربَّما كان مُنهَمِكًا في العمل، فاتصلت بخالتي عواطف، ألقيت عليها السلام إلَّا أنَّها لم تتعرَّف علي بنبرة صوتي برقمٍ مصري غريب يتحدَّث بلهجةٍ سودانية، فأخبرتها أنَّني مصطفى يحيى وأنَّني قد وصلتُ للتوّ، أخبرتها أنَّني قد هاتفتُ خالي ولكنَّه لم يرد علي، وها أنا مع صاحب التاكسي فكيف أصِف له؟

فبيَّنت لي أنَّهم يسكنون في المعادي، فأخبرته وقال:

- إنَّ المعادي بعيدة وذلك سـيُكلِّف كثيرًا، مالًا ووقتًا، لكن اقترح عليك أن أوصِـلك إلى محطة الميترو ثم تركب من هنالك، بعدها ستنزل في المحطة وتركب مواصـلاتٍ أخرى تنقلك إلى المعادي، اعذرني لا أستطيع أن أنقلك كلَّ الطريق فعليَّ اللحاق بموعد أبنائي بالمدرسة لأعيدهم إلى المنزل.

فوافقت وركبت، كنتُ أحمل حقيبة ظَهرٍ وأخرى متوسـطة الحجم بها بعض الملابس، فوصلت محطَّة الميترو، فقلت له:

- كم سعرك يا عمي السائق؟

- أي شيء تُقدِّره يا بُني.

- أنا شخصٌ جديدٌ في بلدكم ولا أعلم عن الأسعار شيئًا.

- خمسةٌ وعشرون جنيهًا مناسبة.

فأعطيته خمسةٌ وعشرون جنيهًا مصريًا وواصف لي محطة الميترو وأنَّ ممرَّها بالأسـفل، فنزلتُ وقطعتُ تذكرةً، كانت قيمتها خمسـةُ جنيهاتٍ فقط، وبينما كنت متجهًا نحو الممر الذكي الحديث كان شـكلي غريبًا بعض الشـيء؛ فقد كان كلُّ ما يخصُّني باللون الأسـود لا غيره؛ من ملابِس ونعـال وحقائب وحتى القُبَّعة التي كنت أرتديها، قبَّعة توج عالية واسعة الحواف (تعُرف باسم «كاو بوي هات» يلبسـها رُعاة البقر في أمريكا الشـمالية، إذ تأثَّرت بها الثقافة المكسيكية في القرن التاسع عشـر، واليوم يلبسـها كثيرٌ من الناس خاصَّةً عمال المزارع في غرب وجنوب الولايات المتَّحدة، وغرب كندا، وشمال المكسيك).

فدنا منِّي موظف الميترو وسـألني مستغربًا: «يا أنت، مِن أين أنت؟».

59

فأجبته بِكُلِّ ثِقةٍ من السودان، فردَّ قائلًا: «حسِبتُكَ مِن جنوب أفريقيا»، فأدخلتُ تذكرتي ببوَّابة التذاكر لِيُسمَحَ لي بالمرور إلى رصـيف القطارات، فمرَّرني (إنَّ الراكب بمجرد إدخاله التذكرة في بوابة التذاكر أثناء الدخول، تدخل التذكرة تلقائيًا إلى دُرجٍ خاصٍّ داخل البوابة الإلكترونية، ثمَّ يستطيع صاحبها المرور إلى الرصـيف، مع عدم ترك التذكرة فلا تستخدم مرَّة أخرى، وبعد امتلاء الدرج، يقوم العاملين بالمحطات بتفريغ البوابات مباشرةً، ومن ثم تجميع التذاكر يوميًا من كل محطة وشـحنها إلى مخزن التذاكر المستعملة بشركة مترو الأنفاق).

وقفت قليلًا حتى وصـل الميترو، فصـعدت وكانت المقاعد ممتلئة، فاضطررتُ للوقوف، البعض كان مستغربًا بشأنِ شكلي وخاصَّـةً الطاقية فهي تجذب انتباه كلُّ من أقابله، ثم السـواد الذي ألبسـني كليًا. سرعان ما وصلنا إلى المحطة الأولى فنزل البعض فخَلَت بعض المقاعد، فجلستُ وكان بالقرب مني شخصٌ أثيوبي، فسألني:

- يبدو أنَّك سودانيٌّ وجديد في هذه المدينة؟

- نعم، إنَّك على حق.

- أُدعى بلال وأقيم في المعادي.

- وأنا مصطفى وذاهب إلى المعادي أيضًا.

- إذًا أتسمح لي أن أساعدك وأصحبك إلى وجهتك؟ حتَّى لا يكون الأمر صعبًا عليك ولا تظلَّ وحيدًا فيستغلُّك شخصٌ ما.

فاستجبت لطلبه وكنتُ لا أعطي ثقتي لأحدٍ بسـهولة، إلَّا أنِّي لمستُ في عينيه ونبرة صوته ما يشهد له بالصدق. وصلنا محطة المَعادي حيث كانت المحطـة الرابعة من بعد تحرُّكنا، نزلنا

متوجِّهين إلى محطةٍ أخرى لنركب مواصـــلات المعادي، كانت بالمحطة هايسـات قديمة وركيكة فصـعدنا على أحدها، وفور أن وصـلنا ونزلنا في شـارع الجمهورية اتصـلت بخالي فأرسـل لي صديقًا له ليوصلني البيت، يُدعى النور.

الفصل الثامن | طابع أهل السودان

وجدنا بعض الإخوة السـودانيين، رحَّبوا بنا في مَقهًى لهم، فاحتسـينا الشـاي وما كنا راغبين؛ حيث يوجد السـودانيُّون يوجد خُلُق الكَرَمِ والضـيافة، أناسٌ جوهرهم الطيبة والصـفاء، كسـتهم سـمةُ العطاء، وطَفَقُوا عنوانًا عريضًـا يهزُّ كيان العالم؛ من خلفهم عادات تُغرِّد وتزقزق لحنًا على نداءاتٍ أصيلة.

نحن السودان وأهلُه، تقاليدنا راسـخة، تُجسِّـدُنا قِيمُ السـلامِ والمحبة والتواصـل والتكاتُفِ والتعاون، رفضـوا أن يقبلوا منِّي مالًا، إذ أنَّني أخوهم وجديدٌ في هذه البلاد، ثم وصل صديق خالي وشكر بِلال على معروفه الطيِّب وشكرتُه أنا أيضًا بحرارة، وقال أنَّه يقطُنُ بالقرب من منزل خالي «النور» ثمَّ مضى هو ومضينا نحن إلى شـارعٍ آخر، فأخذني النور إلى محلِّ عمله «سـوق السـودان» بالقرب من محطة العرب معادي، فدخلت ورحَّب بي «وليام» الذي يعمل معه، قضى شـيئًا من أعماله ثم مضـينا نحو البيت، فإذا بـالممرَّات والشـوارع ضـيقةٌ أكثر مما هي عليه بالسودان. وصلنا عمارةً يسكن خالي وعائلته بشقَّةٍ بالطابق الرابع منها، صـعدنا السَّـلالم وتقدَّم النور بنقر الباب، انتظرنا قليلًا حتى فتحت لنا خالتي عواطف حامد (أم لُلَّا) سـلَّمتُ عليهم ورحَّبوا بي باللهجة السـودانية الجميلة ففاحت من فاهها نكهةُ ورائحةُ حروفٍ اجتمعت في جملة «تفضلوا تفضَّلوا بالجلوس»، ثم دخلنا صـالةً تفصلها ستائرُ بنفسـجيَّةٌ عن الغرف، عليها بعض لوحاتِ الأذكار الدينية، كراسيها فاخرة، وبها ثلَّاجةٌ ناصعةُ البياض. وبينما نحن جلوسٌ مع أولادِها ليلى (لُلَّا) وسـامح، فإذا بخالتي كانت أتيةٌ بكوبين من الماء الصـافي على زجاجٍ شفافٍ، وبعد قليل منه أتت بكوبين آخرين على عصيرٍ من ليمونٍ.

وعلى ألسنةِ الشعراء وصدقهم عن الجود والكرم:

إِذا الجودُ لم يرزقْ خلاصا من الأذى ** فلا الحمدُ مكسوبا ولا المالُ باقيا

[المتنبي]

إنَّ الكريمَ ليُخفي عنكَ عسرتهُ   **   حتى تَراهُ غُنيا وهو مَجْهودُ

[بَشَّار بن بُرد]

كلُّ سَمْحِ الكفِ لو تسألهُ **   كلَّ ما يملكُ جودًا وَهَبا

[العُثمانِي]

إنَّها خَصـلة الشـعب العربي الأبيِّ العريق والمسلمين أجمعين في كلِّ أرجاء العالم، وكيف لا ونحن ننال أجرًا عظيمًا عند الله.

ثمَّ جَلسَتْ وتداولنا بعض الأحاديث في أنس:

خالتي: كيف حالك يا بني مصطفى مع تعب ونصَب السفر؟

أنا: بخيرٍ الحمد لله، في رضـا الله، لم أتعب كثيرًا، وإنَّني بحالٍ جيدة.

خالتي: وكيف الأهلُ كلُّهم في السودان؟

أنا: الحمد لله، الكلُّ بخيرٍ وعافية أيضًا.

خالتي: كيف حالُك أنت يا النور؟ لقد أطلت الزمن منذ زياراتك لنا، لم نركَ منذ وقتٍ بعيد.

النور: الحمد لله على كل حال، مشـغولياتٌ كثيرةٌ حيث أجواء الشـتاء القارصـة؛ أصيب الأولاد بالزكام وإلتهاب الصـدر وتزداد حالهم سوءًا يومًا بعد يوم.

خالتي: الحمد لله، ربنا يعطي العافية، إنَّ نزلات البرد شائعةٌ جدًا هذه الأيام خصوصًا بين الأطفال. وأنت مصطفى، لماذا لم تصحَب معك حبوبة (حبوبة كنة، نسيبتها أم زوجها، وأم أمي)؟

ردَدْتُ بصوتٍ مُلعثم: أنت تعلمين أنَّ حبوبة لا تُلفِت ظهرها تاركةً السودان، ولا حتى بيتها.

فضــحكت فكأنما هي منبعٌ للدُرَرُ؛ تبعثُ فيضًا من نورٍ يملأ أرجاء العتمات ضياءً.

النور: يجب عليَّ أن أذهب، وحمدًا لله على وصول مصطفى ســالمًا معافًا، تركتُ زميلي في العمل وحده لذا عليَّ العودة، وإن كان في العمر باقٍ سأزوركم مرةً أخرى برفقتي الأولاد.

خالتي: بدري يا النور (باللهجة الســودانية)، تمهَّل قليلًا لقد أعددتُ لكم الغداء.

النور: لا بأس سأعود قريبًا، لكنِّي الآن على عجلةٍ من أمري.

ذهب النور وقمت أنا قاصــدًا تعويض ما فاتني من صــلاتي الظهر والعصر، ثمَّ عدت وجلست محدثًا ليلى وسامح، وكان تلك أول مرةٍ أراهم فيها فهم أطفال قُصَّر، عمر ليلي ما يُقارب الأربعة أعوام وسامح أقلَّ من عامين، كان سامح مريضًا حينها بما حلَّ في البلاد من موجات البرد القارص والعنيف، التي لم تكن موجودةً حينها في السودان بنفس النمط، وكان لا يتحدَّث ولا حتى يتفوَّه بشيءٍ ويكتفي بالتحديق إليَّ فقط، إذ أنِّي غريبٌ بالنسبة له، كحال بعض الأطفال عندما ينضمُّ إليهم شــخصٌ غريبٌ بالدار يرتابهم شــيءٌ من الفزع فيصــمتون، لكن ليلى (لُلَّا) كانت بعكس ســامح تمامًا، كانت مُزعِجةً للغاية تتحدَّث بسرعة، لهجتها غير مفهومة غالبًا، على عجلةٍ من أمرها، تلفون الضــيف من أهم اهتماتِها، لأجلِ الدخول إلى الإسناب شــات (snapchat)، فذلك

هوسـها الأكبر إذ تريد دائمًا أن ترى نفسـها في الصـور مُتغيّرة الأطوار، وتصرخ إن تمَّ ردعها.

حضرت خالتي بالغداء، فجلسـنا على طاولةٍ تعتليها صنوف طعامٍ سـودانية، فتغدينا. رنَّ هاتف خالتي فردَّت، فإذا بالخال كان يسـأل عن وصولي المنزل، فأخبرَتْه أنِّي قد وصـلت برفقة النور الذي بدا عليه أنَّه في عجلةٍ من أمره إذ عاد إلى عمله. فردَّ عليها:

- حمدًا لله على سـلامته، أنِّي أتٍ إليكم في نحو العاشـرة مساءً.

- على مهلك ولك السلامة.

فـإذا بـآذان المغرب كـان يؤذِّن حينها بنـداءاتٍ تعبثُ النور والسكينة والطمأنينة لملاقاةِ ربِّ الكون، كنتُ على وضوء وسألتُ خالتي:

- هل مسجدكم الذي أسمعه هذا قريب؟

- نعم، لكنك ما زلت جديدًا ونزلت للتوِّ ولم تتعرَّف على الأمـاكن والطرقـات جيدًا وإنِّي أخـاف أن تغفل عن الوصـف فتضيع.

- كلَّا سأركز جيدًا، فقط دُلِّيني لأذهب.

- حسـنًا، بعد نزولك من العمارة اتَّجه شـمالًا وعلى يمينك بعد عدة خطوات تصل المسجد.

فسـرعان ما أدركت الوصـف، فما أن وصـلت صـلَّيت في جماعة وخرجت.

كـان البرد قـارصًـا، شـتاءٌ ما اعتدت مثله قطُّ؛ «الشـتاء (جمعه: أَشْـتِيَة) هو أبرد فصـل من السـنة في المناخ

القطبي وكذلك المناخ المعتدل، ويأتي بين الخريف والربيع، وينتج فصل الشتاء عن ميلان محور الأرض في نصف الأرض الموجَّه بعيدًا عن الشمس. ويبدأ من الثاني والعشرين من ديسمبر إلى العشرين من مارس في نصف الأرض الشمالي، كما تعتمد عدة ثقافات تواريخَ مختلفة لبداية الشتاء، وبعضها يستعمل تعريفًا مبنيًا على الطقس. وعندما يكون الشتاءُ في نصف الكرة الشمالي يكون الصيف في نصف الأرض الجنوبي، والعكس صحيح. وفي عدة مناطقَ يرتبطُ فصلُ الشتاء بالثلوج ودرجات الحرارة المتجمدة. ويكون الانقلاب الشتوي عندما ينعدم ارتفاع الشمس في القطب الشمالي أو القطب الجنوبي (قياسًا من القطب تكون الشمس تحت خط الأفق)، مما يعني أنَّ ذلك اليوم يكون أقصر نهارًا وأطول ليلًا. ويدوم فصل الشتاء ثلاثةً وتسعين يومًا في النصف الشمالي، وتسعة وثمانين يومًا في النصف الجنوبي».

حينها كنَّا على مرحٍ بحديثنا، نضحك ونشاهد التلفاز الذي لا أحسَبُه الخيار الأمثل، وليس من اهتماماتي لكنَّني مجرَّد ضيفٍ ووجدته أمامي فبقيتُ مُجاملةً، ثم سرعان ما سمعنا مناديًا يترنَّم صوتُ الآذان: «الله أكبر الله أكبر»، مضى الوقت على عجلةٍ من أمره، إذ إنَّ الوقت بين صلاتي المغرب والعشاء، كلمحِ البصر، فتوضَّأتُ ونزلتُ من الطابق الرابع ذاهبًا إلى المسجد، صلَّيت وعدتُ إلى المنزل بعدها بقليل فإذا بصوتٍ يطرق الباب، ففتحت خالتي الباب، أتدرون من يكون؟

إنَّه ليس خالي، كان أخٌ لخالتي يصغرها سنًّا، يُدعى «عبد الحفيظ» يُقيم معهم، كنتُ لا أعلم بوجوده في مصر ولا حتى أنَّه مقيمٌ معهم، كان ذلك مفاجأةً لي، ثم سلَّمنا على بعضنا وهو يسألني عن أهل السودان وما حلَّ من وباءٍ وخرابٍ في أرجاء البلاد، ردَدتُ له أنَّ أهلنا بالسودان كلهم بخير وفي نعمٍ من الله، وأنهم

66

على أملٍ كبير بصــلاحِ الأوضـــاع وعودة البلاد بكاملِ قواها الاقتصادي والقِيَمِيّ.

كان الوقت نحو التاسـعة مساءً، قُرِع الباب مجدّدًا، هذه المرة تعلمون من هو أليس كذلك؟

إنَّه الخال يُوسـف، ألقى علينا السـلام بصـوتٍ عالٍ وبترحيب، ورددنا له: وعليكم السـلام ورحمة الله وبركاته، ثم عانقنا بعضـنا العناق الحار، والله إنَّه لكان فراقٌ طويل، يُقارب العشـرة أعوام أو يزيد، ثم جلسـنا نتحدث عن أوضـاع السـودان، حتى غشـاني نعاسٌ حاد، إنَّها الحاديةَ عشر مساءً، فالسهر ليس من شيمي، ثم سمحو لي بأن أنام واسـترخي إذ أنَّني مُنهكٌ من رحلة السـفر، فنِمتُ وما تحرَّكت رِجلي حتى أن جاء الفجر، نهضتُ لأداء صلاة الصبح، فأخذتُ حمّامًا ســاخنًا في أجواءٍ عصـيبة من البرد القارص، ثمَّ توضأت وصليت.

بينما أنا في هذه الحـال، عاد أهل البيت إلى النوم، بينما أنا لا أعرف سبيلًا للنوم بعد صلاة الصبح، كنتُ استغربُ كيف لأحدٍ أن يفيق من نومه ويصــلي ثمَّ يرجع ينام وكأنما أُفرِغ عليه نوم الليل.

كنتُ عاشـقًا لسماع قرّاء القرآن الكريم، فلازمتني العادة حتى أحسـست أنَّني أصبحت جزءًا أساسـيًا منهم، فحينها تلوثُ آياتٍ قرآنية وأُطَربُ بهنَّ، فهنَّ اللاتي تداوين صدري من ضيقه وظلمه إلى سِعةٍ وسلام، ثمَّ قرأتُ أذكار الصباح. نفذت أشعةُ الشمس عبر نافذة غرفتي بصيصًا ترسم لوحة الأمل، ثمَّ جلستُ بعدها متصفِّحًا هاتفي، حتى أفاق الجميع، ثمَّ احتسـينا الشـاي حيث الحديث الصباحي في لمَّة أهلٍ بعد سنين طويلة وضجَّة ليلى التي تمشي

وتجول أرجاء المنزل، كان ذلك صـباح يوم الخامس عشـر من ديسمبر 2021.

ثم ذهب عبد الحفيظ وخالي يوسـف إلى أعمالهم وبقيتُ أنا مع خـالتي والأولاد، كـان سـامح قد تحسَّـن قليلًا، فبدأ بـالمزاح والمداعبة، حيث كان إزعاجهما وضجيجهما قد وصـل لأقصى حده حتى حطَّما بعض الأشـياء؛ ولأنَّني أُحِبُّ الأطفال ولطفهم الرقيق ببراءتهم الظريفة رغم فوضـتهم العارمة ما كنت أحسـبه شيئًا فظيئًا.

الفصل التاسع| اليوم العاشر

كنتُ قد ذهبتُ من أجل المشروع، فمضـت الأيام على نحوٍ جيِّد، مرَّ أسبوع، وكان الأهل والأصدقاء يأتون لزيارتي بالمنزل، فذهبتُ ذات يومٍ مع خالي يوسف (كَرلاك) لشراء شريحة إتصالٍ مصرية من المول، وعدتُ إلى المنزل بعد استخراجها وذهب هو إلى العمل.

لم أبد العمل حينها، ثم مرَّت الأيام إلى أن جاء عصـر اليوم العاشـر لي في مصـر، ذهبتُ إلى المكتبة باحثًا عن كتاب «كُنْ أنتَ» للدكتور إيهاب حمارنة، فبحثتُ كثيرًا ولم أجده، فاكتفيتُ بشـراء كتاب «نظريَّة الفستق ـ الجزء الثاني» للكاتب فهد عامر الأحمدي ومِعطَفًا للبرد، فعدتُ مسرعًا إلى المنزل. تناولتُ تلفوني لكي أتصـفح بعض الأخبار، فإذا بصـاحبٍ من السـودان يُدعى ضياء الدين الذي هو جاري في أمبدَّة بأمدرمان، دعاني لمناسبة زواجه، لكنّني أخبرته أنَّني كنتُ على سـفرٍ ولم أسـتطع إثبات حضـوري له، فدخل عليَّ بمكالمةِ ماسـنجر، فقبل أن أُجيبه كنتُ أحْسَبُ أنَّ الأمر يتعلَّق بمناسبته، لكن من يعلم غير الله فهو مجرَّد ظَّن، فإذا به جاءني بنبإٍ عظيم على سـوادٍ يُفزع ويقتُل!! يارب اكتب لنا من خفايا القدر أجملها.

- السلام عليكم ورحمة الله يا مصطفى.

- وعليكم السلام ورحمة الله وبركاته، حبيبنا العريس!

- كيف حالك وأحوالك؟ لعلك بخير.

- الحمد لله بخيرٍ وعافيةٍ وفي رضا الله، ماذا عنك؟

- بخيرٍ أيضًا.. يا مصطفى إنَّ أباك تأذَّى نتيجة ضَربةٍ بينما كان يُحاول إصلاح ذات البين بين جيرانٍ تشاجروا بسبب ورثة أبيهم.

- لا حولا ولا قوة إلا بالله!! هل أسعفتموه إلى المستشفى؟!

- نعم.

- أين.. أين تأذَّى في جسمه وكيف؟

سكت ضياء ثم قال: سأعاودُ الاتصال بك بعد قليل.

حلَّ بي الخوف والحزن، وأظلمت الدنيا حولي، ماذا أفعلُ يا أبي وأنا أبعد عنك قُرابة الثلاثة آلاف كيلو متر!! ترى ماذا حلَّ بِك يا أبي؟ لو أنِّي أستطيع الهرع الآن على جناح الريح!!

ممسكٌ هاتفي وأنتظر اتصال ضياء في أي لحظة، فاتصل ورددتُ فورًا.

- يا مصطفى اسمعني..

- نعم يا ضياء أسرع!

- تريَّث.. الموضـوع كالآتي، أنتَ على علمٍ بمحلِّ عمل أبيك، الذي هو دكانٌ بيت ورثة المتشاجرين.

- نعم أعلم ذلك.. ثمَّ؟

- لقد تشـاجر أهل الورثة على الممتلكات وساءت الأمور إلى أقصى مداه، حتى أخرج أحدهم مسدسًا، يريد ضَرب الوارث الآخر بسـبب خلافٍ دار بينهم، فسـمع العمُّ يحيى الإزعاج وما يدور بينهم فهو أقرب الأقربين من حيث المسـافة، فدخل بينهم محاولًا أخذ المسدس من الوارث المتهوِّر، ثم شاء الله أن يُضرَب هو بدلًا من الوارث الآخر المقصود، فعليه رحمة الله!

إنَّا لله وإنَّا إليه راجعون.. ولله ما أعطى ولله ما أخذ..

سكتُّ وما استطعت النطق ببنت شفة حتى فصل هو الخط، لقد كنتُ قويًا جدًا لا أعرف سبيلًا للدموع بتاتًا، لكن هذه المرة كانت مختلفة، كان الصمتُ فسيحًا كحقلٍ لا نهاية له، وانعقد الخوف فوق رأسي ظلًا حزينًا.

صُـدِمتُ وتألَّمتُ ألمًا لا أعلم أين مكمنه، واحتلني الوجع واعتصر قلبي، كيف لا وقد أنتُزع شيءٌ منِّي، فبتُّ غريبًا أعيش بوطنٍ غير وطني، ذرفت عيناي الدمع حتى تبلَّل ثوبي، كالسيل لا يجفَّان، ما كنتُ أدري قبلًا ما الفراق وما البكاء، تعالت أنفاسي حارَّةً ولو أنَّها نزلت على بحرٍ لجعلته يجِف من شِـدتها، كنت وحدي في الغرفة، خالتي وأولادها في المطبخ، فخرجوا، حاولتُ إخفاء ذلك الخراب الذي حلَّ بي، تمالكت نفسـي وأخبرتها بنبرةِ صوتٍ منكسرٍ مُنهَك..

- أيا خالتاه، لقد جاءني أحدهم بخبرٍ حزين، يقول بأنَّ والدي قد وافته المنية!

- أأنت مُتأكدٌ من صِحَّة الخبر؟

- نعم، إنَّه أحد أصدقائي بالحارة.

ثم أذرفت المع وصاحت:

- يا احليك يا ابني، رحمة الله عليك يا عم يحي.. إنَّا لله وإنَّا إليه راجعون..

ما كنتُ مستطيعًا تمالك نفسي، كانت اللحظاتُ تُبحِر بي مُرغمًا في بحرِ دموعي، كنتُ لها السـيفنة والطاقم والأمواج، هاجت بي على نصبٍ وتعبٍ. وبينما نحن على تلك الحال فإذا بمنادٍ يُنادي: «الله أكبر.. الله أكبر!» فدخل شيءٌ من الرضـا والطمأنينة بقلبي،

إنَّ الله أكبر والكل راجعٌ إليه، وإنَّ الحياة في الدنيا لا قيمة لها إذا لم يكن فيها رضـــا الله الذي يملأ القلوب طمأنينةً ويُنعِشُ الأرواح صِـدقًا، وصـدق الله تعالى في كتابه الكريم حين قدَّم الموت على الحياة، دلالةً على أنَّ الحياة الحقيقية بعد الممـات؛ في قوله ﷺ: ﴿الَّذِي خَلَقَ الْمَوْتَ وَالْحَيَاةَ لِيَبْلُوَكُمْ أَيُّكُمْ أَحْسَنُ عَمَلًا ۚ وَهُوَ الْعَزِيزُ الْغَفُورُ﴾ [سورة المُلك، الآية: 2].

فقمتُ بسكينةٍ وثباتٍ توضَّـأت، ثم نزلت إلى المسجد، وكنت حينها قد نشرتُ على صـفحتي في الفيس بوك حيث كان بعضهم قد عَلِم الخبر، فعندما كنتُ خارجًا من المنزل إلى المسـجد، قابلتُ بعض الأهـل وهم على قربٍ مِنَّا بـالحيّ، جاءوا لتعزيتي ومواسـاتي؛ كيف لا ونحن أمة الإسلام فالمسلم أخو المسلم إذا عطس وإذا مرض وإذا مـات!.. ولأهلهم ذويهِم المواصـــلة والتعزية، فقلتُ لهم أن يتفضَّلوا إلى الداخل وأخبرتهم أنِّي سأصلي وأرجع.

فاللهُم صبرًا لا ينفذ وقلبًا لايضعف!

صــلَّيت المغرب وعُدتُ إلى المنزل، ازداد عدد المُعزِّين من الأهل البعيدين والقريبون ممن يقيمون في مصـر، ألَا نستحِقُّ أن يحبَّنا الأهل بطريقةٍ إعجازيةٍ!، يروننا وكأنَّنا أعجوبة خُلقنا لهم، أن يُعاملوننا وكأنَّ كل قضايانا تخُصُّهم.

كان ذلك بتاريخ الثالث والعشـرين من ديسـمبر في العام 2021م، ذهب الضيوف بعد أن صلينا العشاء وذهبتُ إلى فراشي لكي أنام فإذا بالنوم أيضًا كان يواسيني، كأنَّما يُخبرني كيف يسمحُ ضـميرُك بـأن تغْفُوَ عيناك، رغْم أن ران عليَّ النعـاس، إلَّا أنَّ الروح اسـتجابت فبتُّ مسـتلقيًا على سـريري دون غمضةٍ، قلبٌ مكسُورٌ كجبلٍ تعرَّض لانهيارِاتٍ ثلجية، جسـمٌ مُنهك، كرجلٍ في

الثمانيناتِ من عمرهُ حلَّ به داءٌ، آلام مفاصـل وألم أسـفل الظهر، تجاعيدٌ بانت وأنفاسٌ غير منتظمة، ومريض ألزهايمر، يُراقب خوف انقطاعه في أي لحظةٍ، كنتُ مثل ذلك الرجل الثمانينيّ حقًّا حتى أصبحت، فنهضتُ مستجمعًا قواي لأداء فريضـة الصبح، احتسيتُ الشاي الأخضر شرابِيَ المُفضَّل، ثم استيقظ أهل المنزل جميعًا، كان ذلك صـباح يوم الجمعة، كنتُ قد اتخذتُ قرار العودةِ إلى الـديـار منـذ الليل، رغم أنَّ وجود طـائرةٍ بيوم الجمعـة أمرٌ صعبٌ قليلًا.

تمكَّن خالي يوسف من إيجاد شخصٍ ليحصل لي على مقعدٍ إن وجدها، بينما كنتُ على تعازٍ دائمة من الأهل والأصـدقاء، حتى أتى وقت صـلاة الجمعة، فصـلينا وكان بعض الأهل قد أتَوْا إلى المنزل، ثم تغدَّينا. أخبرني خالي بأنَّ ذلك الشخص قد حصـل لي على تذكرةٍ، فشـكرتُ الله وحمدته إذ أنِّي لن أقضـي يومًا آخرًا منتظرًا.

الفصل العاشر| جروحٌ تُؤلم أربعين سنةٍ قادِمات

لم يتسنَّ لي وقتُ كافٍ لعُشرةٍ طيبةٍ لطالما كنتُ أتوق للقائها، ولا حتى وجدتُ متَّسعًا لتحقيق مشروعي، فودَّعتهم ببرودٍ، وباشـرتُ بالخروج ومعيَ خالي يوسف (كرلاك)، توجَّهنا إلى مكاتب خطوط الطيران الجوّية، وبعد أن أنهينا الإجراءات اللازمة وما فيها من فحص فيروس كورونا (COVID-19)، ثم ركبنا تاكسي الأُجرة فتوجهنا إلى المطار، وصلنا بسرعة، ودَّعتُ خالي ودخلتُ القاعة ورجع هو، كان ذلك في تمام السادسة مساءً، دخلتُ وتوضَّأت ثم صليتُ المغرب في جماعة. ثمَّ توجَّهت نحو مكاتب إنهاء إجراءات السـفر مُجددًا، فانتهيتُ وكان وقت الإقلاع قد اقترب، صلَّيت العشـاء. إنَّها الثامنة مساءً، وقتُ تحرُّك الركاب إلى الطائرة بواسـطة البص، قابلتُ زميلًا بالرحلة يُدعى حازم (هو شابٌّ دون الثلاثين، أحمر اللون، مُفَلْفَل الشعر، مُهِمَّته شراء وبيع منتجات من مصر إلى سودان على حسب الطلب)، فتعرَّفتُ عليه، كنت قد أخبرته عن سـبب رجوعي إلى الوطن فتحسَّـر للأمر، قائلًا لي:

- هذه حـال الـدنيا، نجري عـلى كفِّ القدر ولا ندري ما المكتوب، فليس لنا الحقُّ سـوى ما يرضـي الله.. (سـكت لبرهة) أتسمح لي بأن نجلس سويًا في المقاعد على قرب؟

- بالطبع لا بأس، فمرحبًا بك.

صعدنا الطائرة فجلسنا على مقعدين مجاورين للنافذة، هو على الجهة اليسار قرب النافذة أليه أنا بمقعد المنتصف، وجلس شخصٌ أخر في المقعد الثالث يمينًا قرب ممر الطائرة.

كنتُ مُتعبًا جدًا وصامتًا كأنَّني لا أعرف عن الكلماتِ شيئًا، كان صوتٌ ما بداخلي، هَمسٌ يُخبرني بأنَّني سأنجو ولكِنَّني لن أعود كما كُنت.

كانت تلك أول مرةٍ أصعد فيها الطائرة، لم يسبق لي أن سافرت إلى دولة أخرى بأيِّ حال، إذ كان سفري ذهابًا إلى مصر بالبص البري. «حيث توجد رحلة يكون هناك استمتاع» هذه المرة كنت بعيدًا عن هذه العبارة.

حاول حازم أن يُلطِّف علي الجو قليلًا ويُخبرني عنه، فكنتُ أبادله الشــعور لكن بكلماتٍ قليلة وخاملة، حتى أتى زمن إقلاع الطائرة التي كانت في الثامنة والنصف مســاءً، توكلنا على الله مستمعين لتنبيهات الكابتن من ربط الحزام وإخراج زفيرٍ مع بلع لُعابٍ ببطءٍ عند الشعور بدوخة الرأس أو دورانه.

الكابتن: شكرًا لاختياركم الخُطوط السودانية «بدر للطيران»، نتمنى لكم سفرًا سالمًا وممتعًا.

سـرعان ما حان موعد العشـاء فتقدمت المُضيفات بجلب الطعام، فإذا بهنَّ أتَيْنَ بأطباقٍ طعامٍ بأنصافٍ مختلفة، ثم وزَّعنهنَّ على الركاب، لم أكن أشــتهي الطعام إلَّا أنَّه أقنعني فاستجبتُ مُجاملًا وذقت شيئًا منه، ثم جِئْنَ بالقهوةِ والشاي، فأختار هو شايًا وأنا أخترتُ قهوةً مُرَّة من غير ســكر؛ فذلك أسلوبي لا أعرف سبيلًا للسكر، وكان الذي على يميني اختار قهوةً خفيفة. استرخينا قليلًا في صمتٍ، اقتربنا من الهبوط فإذا بأنوارِ البلاد كانت تلوحُ لنا على مشــارفها، جمالًا وحبًا ولكن هل كنتُ أعرف حينا عن الجمال شيئًا؟!

فإذا بالطائرة تهبط بتدريج حتى توقَّفت تمامًا، ثمَّ نزلنا فركبنا البص متوجهين نحو صالة الوصول، فنزلنا وأجرينا فحصًا وختمَ الجواز، ثم دخلنا لصالة الجمهور إلى منافذ تسليم الحقائب الآلية،

منتظرين أمتعتنا، فتخأخر بنا الوقت قليلًا حتى منتصف الليل حوالي الثانية عشرة والنصف وقد كانت الطائرة قد هبطت نحو الساعة الحادية عشرة والثلث. فاسلَّم من اسلَّم حقائبه وأتى دوري واسلَّمت أمتعتي، وتحصَّل حازم على بعض أمتعته فقالوا له أنَّه سيستلمُ بقيَّة ممتلكاته مساءَ اليوم التالي. بينما نحن نعبر بوابة الخروج تبادلنا أرقام الهواتف علَّ أحدنا يحتاج الآخر في خدمةٍ إن شـــاءت الأقدار وأطال الله أعمارنا، ولربما أرجع يومًا إلى مصـر، فركبتُ حينها تاكسي أجره متوجهًا إلى الخرطوم شرق النيل حيث البيت الكبير، كانت أوضاع البلاد كما هي حيث كانت المظاهرات مستدامة ويتم فقل الجسـور (الكباري) بعد منتصف الليل بغرض حجز الثوار وعدم إلتقاءهم في اليوم التـالي الـذي يكونُ مُعلنًا مسبقًا للتظاهر والتجمُّعات، وسرعان ما وصلتُ بحمد الله.

كان الأهل على علمٍ بِعودَتي فوجدتُهم على يقظةٍ تامة، لم ينَم أحد، فدخلتُ وألقيتُ السـلام وقرأت الفاتحة على أبي المرحوم، فإذا بِبكاء الأهل يُحيطني، كنتُ على ثباتٍ تامٍ ولكن من كان يعلم بالفوضى التي بداخلي سوى ربي!

يا إلهي!.. سبحانك اللهم ما خلقت هذا باطلًا، فقنا عذاب النار!

أنا الذي ماتَ بداخلِي الكثير، أنا الذي تَحوَّلت جروحي مقابِرًا لِدَمُوعي، أنا الذي أَبحَرَتُ في رِحلةٍ على زَورقٍ بلا مجَادِيف، تائهًا ولم أدرِ أين كان يَرمي بي الزمن.

كل هذا ما كنتُ أتظاهر به أمام الناس؛ إذ أنَّهم لم يهتموا يومًا بوُجُودِي، أُخفِي جُرُوحًا، وآلامًا، وأوجَاعًا، ودموعًا، وأحزانًا، ونصبًا.. تَحت عِبارة: «أنا بخير».

تُركتُ على جُروحٍ تُؤلمني أربَعِينَ سنةً قَادمات، أيُّ كرمٍ هذا؟!

الكثير في داخلي كان مكتُومًا، لم يخرُج ولا حتى على هَيئة كلماتٍ تُبَاح أو تُكتب، أجد دَمعات ساخنةٍ تحرق وجناتي، حاولتُ مِرَارًا أن أُشِعلَ شَمعتِي وأن أُدَاوي جُرُوحِي لكنّني لم أُفلَح، لقد نَسِيتُ كيفَ تُشعَلُ الشَّمُوعَ وحتى كيفَ تُدَاوَى الجُرُوحَ، كنتُ أخافُ أن أشكُو حُزني وبَثِّي لغيرِ اللهَ فَتتَفَاقَم بيَ الأوجَاع.

الكثير الكثير! كان مشتعلًا بداخلي يصعُبُ إخماده، أتظنُّونه كان بالأمر السهل؟!

أتظنُّونه كفراق عشيقة؟!

أم كمن فشِلَ في تحقيق نجاح؟!

كلا والله!! إنَّه لشيءٌ لا يُعَوَّض قطُّ، يعجز الكون عن إعادته؛ كيف لا وهو السيد المحترم، المعلم، المُربِّي، الداعِم، السَّند والصاحب! بكل اعتراف هو أحد سِيقاني وعرجتُ من بعده، بثُّ أسأل الله له كثيرًا، إنَّه ضيفٌ قد أهلَّ عندك وأنت أكرم الأكرمين بضيوفك يا ربِّي!

بردت قلوب الحريم بعض الشيء، فذهبتُ إلى النوم ولكن هل كان شيءٌ في أثناء ذلك الزمان يُسمى النوم؟

النوم هو عاملٌ لإعادة شحن الطاقات البشرية؛ أيُشحنُ الجهاز بعد تعطُّله؟! كنتُ الجهاز البشري وتعطَّلت أطرافي وحركتي آنذاك، كان علي أن أُقِرَّ، بأنَّ اشتعال الحرائق التي حدثت بداخلي هو مصدر دِفءٌ من الله، وإنَّه لإداركٌ متأخر.

ربما نام جسدي قليلًا بما شاعَ له من آلامٍ وأوجاع، بينما عقلي وفكري لم يناما؛ كانا مُنهمكينِ إلى حدٍ بعيد، كنتُ بمقام رجلٍ عجوزٍ واجه أرذل العمر، كان الوقت يمرُّ سريعًا وما كنتُ مُدركًا ذلك فسرعان ما نادى منادي الفجر: «حيَّ على الصلاة، حيَّ على الفلاح» وأنَّ الصلاة خيرٌ من النوم، لهذه الكلمات معانٍ

77

سحرية كافية لإحياء شخصٍ بعد موته، فقمت وقد شُجِنتُ بعض الشيء، لكنَّه كان كافيًا بأن يُرضى العبد بما قد قُسِم وقُدِر له، فتوضَّأتُ وذهبتُ إلى المسجد فصليت ركعتي المسجد، ثم أقيمت الصلاة فصلينا وكان الإمام محمد أحمد آدم (لقبه مطر) خالي شقيق أمي، فهو الإمام وشيخ قُرَّاء الحلقة، فجلسنا بعد صلاتنا على أذكارٍ، ثم جثمنا على حلقةٍ قرآنية تنيرها آياتٌ من الذكر الحكيم، كيف لا وهو شفاءٌ لما في الصدور وهدًى ورحمةً للمؤمنين. وصدق الإمام الشاطبي بأبياته مخاطبًا كتاب الله:

وَإِنَّ كِتَابَ اللهِ أَوْثَقُ شَافِعٍ*

وَأَغْنى غَنَاءً وَاهِبًا مُتَفَضِّلَا

وَخَيْرُ جَلِيسٍ لَا يُمَلُّ حَدِيثُهُ*

وَتَرْدَادُهُ يَزْدَادُ فِيهِ تَجَمُّلَا

وَحَيْثُ الْفَتَى يَرْتَاعُ فِي ظُلُمَاتِهِ*

مِنَ الْقَبْرِ يَلْقَاهُ سَنًا مُتَهَلِّلَا

هُنَالِكَ يَهْنِيهِ مَقِيلًا وَرَوْضَةً*

وَمِنْ أَجْلِهِ فِي ذِرْوَةِ الْعِزِّ يجتَلَى

يُنَاشِدُه فِي إِرْضَائِهِ لِحبِيبِهِ*

وَأَجْدِرِ بِهِ سُؤْلًا إِلَيْهِ مُوَصَّلَا

فَيَا أَيُّهَا الْقَارِي بِهِ مُتَمَسِّكًا*

مُجِلًّا لَهُ فِي كُلِّ حَالٍ مُبَجِّلَا

جعلنا الله وإياكم من أهله!

بدأت الحلقة بقراءة فاتحة الكتاب ثم سورة يس اللتي هي قلب القرآن، ثم استئناف ما تمَّ التوقُّف عنده من قراءةٍ مُسبقًا بالترتيب حتى الخَتم وهكذا بصورةٍ دورية، فجلسنا نتلوا، وعلى رأس من كانوا بالحلقة:

شــيخ نور الدين أحمد (خالي) وولده أحمد ذو التســعة أعوام، وأولاد شــيخ محمد (مطر) خالد ذو العشــرة أعوام ومنذر بعمر الســابعة، وأحمد آدم (ود خالتي كوثر شـــقيقة أمي ليلى) بعمر العشــرة أعوام، وأولاد خالي يحيى أحمد: منوَّر ومحمد بأعمار الثانية عشرة والتاسعة، كانت الجلسة مُشكَّلةٌ بطعم العائلة وبعضُ الجيرة من حي البركة مربع أربعة، شـيْخَي آدم إسحق وآدم عبد الرحمن، ثم انتهينا من قراءة ســورة يس، كنتُ لا أدرِك إلى أين وصـــلنا ولكن ســـرعان ما أتى دوري فقرأتُ وكنتُ كل ما أقرأه أرتعش ويخفق قلبي وما وجدت من معانٍ كان بمثابة فيضٍ من نورٍ انبعث من داخلي أشاع السلام والرضا والقبول والطمأنينة في قلبي، حتى انتهيتُ من قراءة صـــفحتين اللتين وقعتا علي، مانحًا فرصةً لغيري لاستئناف القراءة.

***

يا إلهي!

ما هذا؟

كيف لبشـرٍ مات وقد حلَّ عليه من خرابٍ في الداخلِ، أن يعود ويستشعر ما حوله من الأشياء؟!

الله وحده قادرٌ على جعل ذلك ممكنًا، لا أحتمل فكرة أن أكون عبئًا على أحد، أن أجعل صديقًا قلقًا بسبب همومي، أنا لن اتَّصل بصديقٍ في الثالثة فجرًا لأقول له أنَّني أختنق، ولكن سأرحِّبُ بمن سيفعل ذلك.

قرأ الجميع صفحاتِهم، فختمنا الحلقة بالدعاء، داعين للحاضرين والغائبين الموتى، ودائمًا ما تُختَتم الحلقة بالدعاء، ثم رجعنا إلى البيت وكانت مراسم العزاء قد رُفِعَت من أول يومٍ بعد الدفن الذي قد كان فاتني، ثمَّ أتى لتعزيتي كلُّ من سمع بعودتي، دون المكوث طويلًا حتى لا يُتعِب أهل الميت فيُثقِل عليهم، فيقومون بالواجبِ ثم يرحلون؛ لاحترام مشاعر أهل الميت.

فهذه كانت رحلتي الثانية التي منذ ذهابها كانت مصحوبةً بمشاعرِ الحزنِ بسبب أولئك الذين خذلوني وقطعوا لي وعودًا كاذبة ومزيَّفة حتى غادرتُ، وسرعان ما آنت الضربة القاضية، الكافية لقتل رجلٍ شجاع غير مُذعَر بفراق والدي، ولكن إنَّما تهُونُ الأحزانُ بصِدقِ اللُّجُوءِ إلى اللَّهَ، فليطمئنَّ قلبي.

بفضل الله ورحمته، شعرتُ بأنَّ نورًا قد انبعث مني، وأنَّ وليدًا بعد العواصف جاء ليرى شروق شمسه الجديد، وأنَّه سيقلب حياتي رأسًا على عقب، فما كانت تلك الإشارات إلا آياتٍ من علامات المخاض، فأصبحتُ له الأم والوليد والناجي والمُتألِّم في الآن نفسه، كطمأنينة الصلاة، كأرضٍ أحياها المطر، كصوتِ ناي آتٍ من منحدر عميق، كبريقِ عينَيّ عاشقٍ ذا لقاءٍ حدث صدفة، إحياءً بهذا القدر وأكثر.

وها أنا الآن بنسخةِ ذاتي الجديد أحتفل.. فكُلَّما انطفأ حُلمٌ، خلق الله لك حُلمًا أجمل.

أسأل الله لوالدي الرحمة والمغفرة، اللهم أغفر له واجعل مثواه الجنة، وثبِّته وثقِّل موازينه وارفع درجاته وحقِّق إيمانه وأسـألك اللهم له العُلا من الجنة يا رب العالمين.

لقد كان أبي أفضـل مُعلِّم في مدرسـته، هذا ما وقفتُ عليه واستخلصته، أليس الصغار يعجز عن وصف الكبار؟! والأعظم عجزًا أن يكتب اليتيم عن أبويه!

فباللَّه الذي وفَّقَك وجعلك تقرأ وتُكمِل روايتي، ربما لم تعجبك لكنَّني أعاهدك مجددًا بأنَّها صـادقةٌ ومُتواضـعة ويُمكنُك أن تقف عيناك أو عقلك في أحد التجارب وتستفيد.

أرجوا منك أن تدعو لوالدي بخالص قلبك الطيب، إنَّ الله لا يردُّ دعوة المسـلم الغريب لأخيه المسـلم بنيّته الصـافية، سـلامٌ ومحبةٌ يدخلان ويملآن قلوبكم الطيِّبة.

﴿قُلِ الْحَمْدُ لِلهِ وَسَلَامٌ عَلَىٰ عِبَادِهِ الَّذِينَ اصْطَفَىٰ﴾

اللَّهمَّ لكَ الحَمدُ حَمدًا كَثيرًا طَيبًا مُباركًا فيهِ، كَما يَنبغي لجلالِ وَجهِكَ وعَظيمِ سُـلطانِك، إنَّك أنت اللهُ الواحدُ الأحدُ الفرد الصـمدُ الذي لم يَلد ولم يولد ولم يكُن له كفؤًا أحد.

وعلى هذا قد تبيَّن لي من خوضـي لتجاربٍ حقيقيَّة وواقعية، بغضَّ النظر عن نوع المشـكلات وبعضـهم عجز عنهم قلمي المتواضـع عن التدوين، ورغم كل مشاوير التعب الطويلة.. أشعر بألفةٍ غريبة، بحالةِ أمانٍ واسـعة تُحيط روحي، بعدما خسـرتُ كلَّ ما خِفتُ يومًا من خسـارته. كانت سـنةً واحدةً فقط مرَّت علي فتبدَّلت أفكاري وشخصيتي واستغنيت عن أشياء عديدة، وأشعر أنَّني تقدَّمتُ في العمر سـنواتٍ كثيرة من الإدراك، وها أنا عُدتُ وقد بدأت من الصـفر حيث بدأت أحلامي، لكن بلقبٍ «خَائِضٍ

للتَّجارِب» أكثر نفوذًا وقوةً مما سـبق، ما معنى الحياة إن لم نتعلَّم ونُقدِم على ابتلاءِتها وامتحاناتِها؟!

ما يُستفاد من الرحلتين

دروس من الرحلة الأولى:

رِحلة الهُروب منِ الواقع:

1- نحن نعلم أنَّ الكون الذي نحن فيه له ربٌّ مالِكٌ يحكُمه، ولم يخلقنا عبثًا، وما من شيءٍ يحدثُ إلَّا لسببٍ يعلمه هو عزَّ وجل، كالأشخاص الذين يدخلون حياتك، كلُّ شخصٍ يُناسِب مَرحلَتك بالتحديد التي أنت فيها وبِدقَّة، زمانًا ومكانًا، لا أحد يأتي أو يدخل في حياتك بدون معنى، فكلُّ إمَّا درسٌ تتعلَّمَ منه وتأخذه معك إلى الأمام أو درسٌ تتعلَّم منه وتتركه من أجل السلام الداخلي.

لذلك فقط اطمئن، وتفاءل، وأزهر دون أن يسـقيك أحد، كُن سعيدًا بلا سبب، ولا تَقُل "لو" لأنَّ لو تصاحبها أقَاويل شيطانية وستبقى دائمًا غيرَ راضٍ بقَضَاءَ اللهَ وقدره.

الدروس بإختصار:

- لا شــيء في الكون يحدثُ صـدفةً، كلُّ مُقدَّرٌ ومحكومٌ من قَبل، أنت فقط من يُصدَم.

- إنَّك لا تتحرَّك ولا تسعى لفعلٍ ما تريد، إلا بواسطة اللهِ ﷺ لفعل ما يريد هو بالزمان والمكان المناسبين تمامًا.

- إذا لم يرُق لك واقعك ضـع فكرة التنقُّل واعزم ثم سيوفقك الله لتغييره.

2- للواقع جوانبُ سـلبيةٍ وأخرى إيجابية، فهو غير مُنحازٍ إلى جانبٍ واحد، فتتشكَّل أيامٌ سوداوية وأخريات مُبهِجة بالغة السعادة.

الدروس باختصار:

- مُتوقَّع وقد يحدث أن تقابل أشـخاصًا بمختلف أصنـافهم طوال فترة حياتك الكونية، وفي كلِّ الأحوال هي دروسٌ لك.

- إيمانك أنَّ الحمار حمارٌ على عقله وهيئته سـيوفِّر عليك الكثير من استنزاف طاقاتك.

- خاطِبوا القلوب برفق؛ فما أطيب الدُنيا إذا تَصَافت القُلوب وتَنَاست العيوب وتَجملت بحَسَن الأسلوب.

- كلما انتقلت من مكان إلى آخر سـترى العجب وستتعلم الكثير.

3- أن تتَّخذ قراراتك بنفسـك وتتحمَّل مسـؤوليتها وحدك، فهذا قمة النضج.

4- تعلَّم دائمًا كيف تكون قويًا بمفردك؛ لتكون جاهزًا لاستقبال هدايا الحياة؛ ففي قانون البقاء إن لم تُقاتل مِن أجل نفسك سَـتُقْتَل، لِذلك لا تقف على الحُزن وتظلَّ مكتوف الأيدي، وتعلَّم ألَّا تخسـر نفسك لأجل أي شخص.

5- حُبُّ الذات هو نفسه حبُّ البشر، فالعاطفة هي نفسها فطرةٌ دون تمييز، من هنا هذه قاعدة: «إذا أحببت ذاتك تستطيع أن تُحِب خلق الله دون شك، والعكس صحيح».

دروس من الرحلة الثانية:

رحلة مشاعر الحزن المنهكة:

1. أعطِ الكثير ولا تتوقَّع الكثير من الآخرين، تـذكَّر أنَّ الله معك وكفى.

2. المرءُ يَقْوَى بوالديه، وتُكسَر ساقيه عند فقدانهما، فإذ تُوُفِّي الَّذانِ كُنتَ تُرحَم من أجلِهما اعمل عملًا صــالحًا تُرحم من أجله، فغيابهم يُلغي حقيقة حضور الجميع.

3. الحياةُ رحلةٌ ذات محطات مرئية، لكلٍّ منا محطَّته، لا بُدَّ له من النزول يومًا، فلا تتفاجأ، فهل أنت جاهز لتنزل يومًا محطتك؟!

4. برُّ الوالدين لا ينتهي بموتهم، إذ يستمرُّ حتى بعد مماتهما بدعائك وصدقاتك لهم.

5. مهما حدث لك، قل: «بفضــل الله ورحمته»، ثمَّ تقبَّل وامضِي.

6. قد تجد نفسك يتيم الأمّ أو الأب أو كليهما، فلا تطلب شفقة أحدٍ إليك.

«امشِ على قدمِكَ المكسـورة، ولا تترك أثر يدك على كتف أحد». [دوستويفسكي]

«يومًا مَا سَـتُدرِك أنَّ أقسَـى ما مررْت بهِ كَان خيرًا عظيمًا أنقذَك ليجْعَلك أقْوى مِمَّا كنْت علَيه». [جيفارا]

«لا تعبدوا الله ليُعطى، بل اعبدوه ليرضى؛ فإنْ رضِيَ أدهشكم بعطائه» [الشيخ الشعراوي رحمه الله]

7. بر كلَّ من كان على صِلةٍ قوية بوالديك؛ فإنَّهم بمقامهم.

8. ابنوا لنا دولة السلام، خاليةً من أسلحةٍ بين المواطنين؛ إنَّ الحياة على كوكبنا الصغير جميلةٌ بكل أشكالها وألوانها، نحن فقط من يُقذرها ويلطِّخها بالدِماء والجور وسوادِ الضمائر.

9. يُفضَّل تقسيم التركة بعد وفاة صاحبها بمدة لا تتجاوزَ العام، فقد يموت أحد الوارثين أو يدخل الشيطان بين الورثة ويفتنَ بينهم.

10. تذكروا أنَّ الدنيا التي تقاتلون لأجلها، نزل إليها سيدنا آدم عليه السلام عقوبةً إذ أنَّها لا تستحق أن تتمسَّكوا بها وكأنَّها لا تزول.

11. لا شيء يبقى للأبد السرمدي.. فكلُّ شيءٍ إمَّا أن يتغيَّر أو يرحل.

12. الحياةُ لا تُعطي دروسًا مجانيةً لأحد! فحين نقول: «علَّمتنا الحياة» تأكَّدوا أنَّنا دفعنا الثمن أضعافًا.

13. ستأتي زُمَرًا من الناس بعد كل هذه الحروب والصراعات والانكسارات ويسألونك: «لماذا أنت هكذا؟ لماذا كلُّ هذه اللا مبالاة؟ لماذا تغييرت؟» أي لماذا لم تكن كما يريدونك! فهم لايعلمون كم شخصًا سقط من قائمة الأعزِّ والأحبِّ إلى أن أصبحتَ غير مُكترثٍ لحضور هذا وغياب ذاك، أصبحت لا أرى متسعًا للحياة.

14. كيف تفهم الرسائل الربانية؟

أوَّلًا: كُنْ واعيًا أنَّ الرسائل تأتي باستمرار.

ثانيًا: كُنْ مدركًا أنَّ الرسالة من الممكن أن تأتي على صورٍ مُختلفة:

- شعورٌ في قلبك..

- فكرةٌ مُلهمة..

- مقولةٌ تقرأها..

- نصيحةٌ مِن أحد..

- حدثٌ يحدث لشخصٍ آخر..

- سيرةُ الحبيب المصطفى ﷺ..

- مفهومٌ قُرآنيّ.

فأحسِن استقبال ما يأتيك من رسائل، وتأمَّلها واستعد لترى ما حولك بنظرةِ المُستقبل الواعي، واجعلها فرصتَك للتغيير والتوجُّه في رحلتك في الحياة، كُن أنتَ ولا تلتفت عن جميل الرسائل الربانية.. كُن أنت ولا تتردَّد

15. قلبُ الإنسان لا يُشفى حين يفقد أحد أحبّائه، سيظلُّ ناقصًا، ويموت جزءًا فجزءًا، حتى يأتيَه الموت الأكبر ليجده غير مُقاوِم، فينتهي به.

16. كلما تقدَّم بك السن جعلك تستصغر أمورًا عدَّة كانت تستهلك طاقتك ومشاعرك، وكلما ازدَدْتَ وعيًا صِرت سريعًا ودقيقًا في حلِّ ما تمرُّ به من أزمات.

17. أنت لستَ السائق لسفينة الحياة، وإنَّما الراكب المستمتِع بالرحلة، عليك بتسليم أمرك لله سواءً كان بوعيك أو بدونه.

18. تسليم أمرك لله هو التَّعبير عن ذاتك الحقيقة، اعترافٌ بأنَّ الله خلقنا ومنحنا نعمة الإسلام من غير إختيارٍ ولا جُهدٍ منَّا، وأنَّه الملك المدبِّر بيده ملكوت كلِّ شيء سبحانه في علاه، نعبده ونشكره ونحمده ولا مولى لنا سواه.

الأسئلة الذهبية للتفكر:

1- ما رأيك ودورك، لو أنَّني أخبرتك أنَّك بالفعل في رحلةٍ حياتية (روحية وجسدية وعقلية) خاصَّةٍ بِك؟ لو أنَّك أدركت أنَّها تأخذك إلى أعماق باطنك وجوهرك النقي للتعرَّف على ذاتك..

- فما رأيك واصفًا شعورك؟

- ما مدى استجابتك للتسليم والتنفيذ؟

2- هل أبحرتَ يومًا بسفينةِ تجاربك المؤلمة من خلال رحلةٍ ما؟ مع ذكر السبب والشعور.

3- لو أنَّك أدركتَ أنَّك موجودٌ في الأرض لسبب أداء رسالةٍ كونية لمن حولك، فما الرسالة التي يمكنك أن تؤديها؟ وما نسبة حجم الدافع الذي لديك؟

4- هل أنتَ قادرٌ على خوض تجاربك لوحدك وتكون أنت البطل المُستحِقَّ الجوائز؟

إن كانت الإجابة بنعم، فهل تستطيع الالتزام بذلك؟

صِف شعورك إن أيقَنتَ أنَّ مانح الجوائز هو الله سبحانه وتعالى.

5- هل ذاتك حقيقيَّة أم أن هناك شيءٌ منسوخٌ من غيرك؟

6- هل توقن بأنَّ الصدق هو أساسُ القوة الذاتية وفلاح العبد في الدارين؟

- إذا كانت إجابتك بنعم، فهل أنت صادق مع نفسك؟

- وإن كانت بلا، فلِمْ تبدأ التدريب على صدق مع الذات؟

نظرية الكون:

الصـــدقُ يوازي القوة والنجاة، بينما الكذب يوازي الضـــعف والهلاك.. ولك الوعي، فأيُّهما تختار؟

7- ما الدرس الذي تعلَّمته في جوف هذه الكلمات العذبة على صدق ولم أذكره أنا؟

❖ وللتعمُّق في مثل هذه الأمور، أبحث وتابع في صـــفحة الفيس بوك باسم «رحلة البحث لإيجاد ذاتك الكونية».

الخاتمة

هكذا زقزقَ قلمِي بأحرفٍ أبيَّةِ الفِكرِ والانشـــراح مُتجوِلًا فيكم ومُتأمِلًا أحيانًا بهذا الجهد المتواضع، علَّه لامَس جزءًا في أعماقكم أو أنارَ عقلًا كان منطِفئًا، فإن كنتُ قد أخطأتُ أو قصَّــرتُ فأرجو مُسـامحتي فهي بداية الخطى واللاحقة أوفر، وإنْ كُنتُ قد أصَبتُ فهذا ما أرجوه مِن الله عز وجل.

الفهرس